LE

LION AMOUREUX

IMP. E. HEUTTE ET Ce, A SAINT-GERMAIN.

FRÉDÉRIC SOULIÉ

LE LION AMOUREUX

PARIS
A LA LIBRAIRIE ILLUSTRÉE
16, RUE DU CROISSANT, 16
(Ancien hôtel Colbert.)

LE

LION AMOUREUX

I.

Le nom de *lion*, appliqué à une partie de la jeunesse française, s'est tellement vulgarisé, que je crois inutile d'entrer dans de longues explications pour le faire adopter à mes lecteurs comme signifiant autre chose que l'hôte terrible des forêts, ou l'esclave obéissant de M. Van Amburgh.

Mais quelle est cette autre chose? On en a bien en général une idée vague et qui suffit à la conversation; on sait que la race à laquelle le lion appartient a toujours vécu en France sous divers noms; ainsi le lion s'est appelé autrefois raffiné, muguet, homme à bonnes fortunes, roué; plus tard, muscadin, incroyable, merveilleux, et dernièrement enfin, dandy et fashionable; aujourd'hui c'est lion qu'on le nomme.

Pourquoi?

Est-ce parce qu'il est le roi de cette parcelle de la société qu'on appelle le monde? Est-ce parce qu'il prend les quatre parts de la proie que d'autres l'ont aidé à saisir?

Je ne puis vous le dire; mais je vais tâcher de vous esquisser sa physionomie, et puis vous devinerez, si vous pouvez.

Le lion est en général un beau garçon qui a passé de l'état d'enfant à l'état d'homme, la prétention d'être un jeune homme étant abandonnée depuis longtemps aux hommes de quarante à cinquante ans; car, de nos jours, l'état de jeune homme est presque aussi méprisé que celui de vieillard.

Or, le lion n'ayant jamais été jeune homme, n'a presque jamais fait aucune des sottises jeunes qui partent du cœur, quoiqu'il aime le jeu, les femmes et le vin, comme disent les refrains du temps de l'Empire, une des choses que le lion méprise le plus. Mais cet amour n'est pas de l'amour, car ce n'est pas pour eux que ces messieurs ont ces trois passions, auxquelles ils joignent, quand ils le peuvent, celle des chevaux.

La véritable passion est, de sa nature, personnelle, cachée, discrète; la leur, au contraire, est toute d'apparat et de luxe. Ils possèdent leur maîtresse au même titre que leur voiture, pour en éclabousser les passants, et ils dînent aux fenêtres du café de Paris parce que c'est l'endroit le plus apparent de la capitale; en effet, ils n'ont pas la prétention de boire, mais de vider un grand nombre de bouteilles, ce qui est bien différent!

Les lions sont donc en général fort ignorants de l'amour, de ses folies les plus passionnées, de ses bonheurs les plus délicats, de ses espérances insensées, de ses craintes frivoles, et surtout de toutes ses charmantes niaiseries. En revanche, ils ont le droit acquis (acquis est bien dit) de tutoyer la majorité des chœurs dansants ou chantants de l'Opéra.

Du reste, ils ont cela de commun avec la jeune noblesse d'il y a soixante ans, qu'ils ont un pied dans la meilleure compagnie de Paris et un pied dans la plus mauvaise; mais ils en diffèrent en ce que les grandes dames d'aujourd'hui ne les disputent plus comme autrefois aux filles entretenues, et les abandonnent aux intrigues des coulisses. Aussi, lorsqu'il s'est rencontré par hasard dans le théâtre même quelque femme qui a eu besoin d'être aimée pour se perdre, s'est-elle donnée à un pauvre garçon amoureux qu'ils avaient flétri d'avance de l'épithète de bourgeois.

Ceci dit, nous pouvons commencer notre histoire.

II.

C'était il y a quelques jours, à l'heure de midi; un lion de la plus belle encolure descendit de sa voiture et entra au café de Paris. Son entrée excita un très-vif étonnement pour deux raisons majeures; la première, c'est qu'il était habillé; la seconde, c'est qu'il demanda son déjeuner comme un homme qui est pressé et qui a quelque chose à faire.

Un de ses amis le regarda attentivement de l'œil sur lequel il ne mit pas son lorgnon, et lui dit :

— Où diable allez-vous comme ça, Sterny ?

— Je vais à un mariage.

— Qui donc se marie ? dit l'interrogateur.

Et tout aussitôt une demi-douzaine de têtes se levèrent; on échangea des regards, on chercha au plafond, et chacun répéta en soi-même la question :

— Qui donc se marie ?

Sterny vit cette pantomime, et se hâta d'y épondre d'un ton indifférent en di⁂nt :

— Personne, messieurs, personne ; c'est une affaire particulière.

— Et à quelle heure en serez-vous débarrassé ?

— Je n'en sais rien ; mais je m'esquiverai immédiatement après l'église, quand je ne serai plus nécessaire.

— Vous êtes donc nécessaire ?

— Je suis témoin du futur.

— Témoin du futur ? répéta-t-on de tous côtés.

— Oui, reprit Sterny qui voyait l'étonnement se peindre sur tous les visages ; oui, témoin du filleul de mon père. Il m'a écrit à ce sujet une lettre qui ne me permettait pas de refuser à ce brave garçon un plaisir qu'il considère comme un grand honneur. Voilà tout ce dont il s'agit ; et maintenant, ajouta Sterny en se levant, achevez de déjeuner en paix. A ce soir !

Comme il sortait, l'un de ses amis lui cria :

— Où se fait-il ton mariage ?

— Ma foi, je n'en sais rien. Le rendez-vous est chez la future..., rue Saint-Martin, à midi ; il est midi un quart... Adieu !

Il partit, et quoique cet événement fût d'une très-mince importance, il n'en fut pas moins le texte d'une assez longue conversation.

— Le vieux marquis de Sterny, dit un fils de potier enrichi qui professait un grand respect pour les traditions héréditaires, le vieux marquis de Sterny a gardé un peu des habitudes de patronage de l'ancienne noblesse ; donc ce qui arrive à Sterny serait une chose d'assez bon goût à faire; mais malgré son grand nom il n'y entend rien, et au lieu d'être bon et affectueux pour ces pauvres gens, il va leur porter un air ennuyé ou moqueur, et pourtant...

— Pourtant, dit un ex-beau de quarante ans, à qui l'on contestait le titre de lion, élégant fort gros et très-laid, espèce de pédicure opulent, qui appelait toutes les femmes *la petite...*; pourtant cela pourrait être amusant; il y a de très-jolies femmes parmi tout ça.

— Jolies, oui, s'écria un vrai lion, existence inconnue, dont la spécialité avait un certain côté artistique qui consistait à protéger la fantaisie et l'art; jolies, oui, mais ce sont des bourgeoises.

— Ah! messieurs, reprit le fils du potier, l'ancienne noblesse faisait cas des bourgeoises.

— Pardieu! reprit le lion artiste, les bourgeoises d'autrefois, ça se conçoit. Des jeunes filles qui ne savaient rien de rien; des femmes qui n'en savaient guère plus, enfermées dans la pratique des pieux devoirs de la famille; pour qui les plaisirs du monde, les arts, la littérature étaient d'un domaine où elles ne pouvaient aspirer; qui regardaient un homme de cour comme le serpent tentateur de la Genèse. Pénétrer dans cette vie, y jeter l'amour, le désordre, jouer avec cette ignorance de toutes choses, l'étonner comme on fait à un enfant avec des contes de fées, cela pouvait être fort amusant, et je comprends parfaitement la passion du maréchal de Richelieu pour madame Michelin. Mais les bourgeoises d'aujourd'hui, douées pour la plupart d'une moitié d'éducation fausse, dont elles se servent avec une imperturbable impertinence pour ne s'étonner de rien; des virtuoses qui jouent les sonates de Steibelt et qui décident entre Rossini et Meyerbeer en faveur du *Postillon de Longjumeau*; des bas-bleus qui lisent madame Sand comme étude, et qui dévorent M. Paul de Kock avec bonheur; des artistes qui se font peindre par M. Dubuffe et qui enluminent des lithographies; des femmes enfin qui ont des opinions sur l'assiette de l'impôt et sur l'immortalité de l'âme! c'est ignoble, et je comprends tout l'ennui de Sterny. Elles vont le regarder comme une bête curieuse, et Dieu sait si elles ne le mesureront pas à l'aune de quelque beau courtaud de boutique qui aura fait douze couplets pour le mariage, qui découpera à table, qui chantera au dessert, qui dansera toute la nuit, et qui sera proclamé l'homme le plus aimable de la société.

Là-dessus le lion alluma son cigare, alla s'asseoir sur une chaise, en mit une sous chacune de ses jambes et regarda passer le boulevard. Tous les autres lions s'empressèrent de se livrer à des occupations de cette importance, et il ne fut plus question de Léonce Sterny.

III

Cependant celui-ci était arrivé à la rue Saint-Martin. Ce jour-là notre lion n'avait aucun rendez-vous; il n'y avait ni courses, ni bois, et il ne volait à aucun plaisir les deux heures qu'il allait consacrer à Prosper Gobillou, le filleul de son père. Il se serait ennuyé ailleurs, il venait s'ennuyer là; il ne mettait donc aucune importance à ce qu'il faisait, et entra chez M. Laloine, plumassier, sans parti pris d'avance d'être d'une façon ou de l'autre : c'est une commission qu'il faisait. Il arriva à point : on n'attendait plus que lui. Il s'en aperçut sans qu'on le lui montrât le moins du monde, et se crut dispensé de s'excuser. On lui présenta la mariée qui n'osa pas le regarder, puis les parents, et vit que les jeunes gens se poussaient du coude pour se le montrer lorsqu'il saluait ou parlait. Il chercha des yeux quelqu'un à qui s'accrocher, et ne vit aucun homme dans la conversation duquel il pût se mettre à l'abri de cette curiosité. Sterny se retira dans un coin, tandis que la famille se donnait mille soins pour organiser le départ, lorsque entra tout à coup une grande jeune fille qui s'écria :

— Quand je vous disais que j'aurais changé de robe avant que votre marquis ne soit arrivé !

— Lise ! .. dit sévèrement M. Laloine, tandis que tout le monde demeurait dans la stupéfaction de cette incartade.

Le regard de M. Laloine dirigé vers Léonce montra à sa fille quelle grosse inconvenance elle venait de commettre, et celle-ci rougit comme le beau lion n'avait jamais vu rougir.

— Pardon, papa, je ne savais pas... dit-elle en baissant la tête, tandis que M. Laloine s'approchant de Sterny, lui dit avec un air paternel :

— C'est une enfant qui n'a pas encore seize ans et qui ne sait pas encore se tenir.

Sterny regarda cette enfant qui était belle comme un ange.

— C'est votre fille aussi ? dit Léonce.

— Oui, monsieur le marquis, une enfant gâtée, qu'une affreuse maladie du cœur a failli nous enlever, et qu'il faut ménager encore. C'est pour cela que je ne l'ai pas grondée.

— Eh bien, veuillez me présenter à elle et m'excuser de mon inexactitude.

— Ça n'en vaut pas la peine, repartit M. Laloine, ne faites pas attention à cette morveuse.

Mais Sterny n'était point de cet avis; jamais

il n'avait vu rien de plus charmant que cette fille si belle. Pendant que sa mère la grondait doucement, et semblait lui recommander d'être bien raisonnable, elle avait jeté un regard furtif sur le lion, regard inquisiteur et peu bienveillant, et elle avait conclu le sermon de sa mère par un petit geste d'impatience voulant dire très-clairement :

— J'étais sûre que ce serait un trouble-fête !

Cependant on partit pour la mairie et l'on mit Léonce dans la voiture de la mariée avec madame Laloine et un des témoins de cette famille. Heureusement que le trajet n'était pas long; car ces quatre personnes étaient fort embarrassées, et le collègue de Léonce ne trouva rien de mieux que de lui dire :

— Que pensez-vous, monsieur, de la question des sucres ?

Sterny n'en avait aucune idée, mais il répondit froidement :

— Monsieur, je suis pour les colonies.

— Je comprends, dit amèrement le témoin ; le progrès de l'industrie nationale vous fait peur. Mais enfin le gouvernement veut tout ruiner en France, c'est un parti pris.

Et là-dessus le monsieur entama la question, qui dura jusqu'à la mairie sans qu'il fût besoin que personne prît la parole.

Léonce ne pensait déjà plus à la belle Lise. et commençait à trouver la tâche fatigante. On arriva, et comme Léonce venait de descendre de voiture, il aperçut Lise qui, le visage rayonnant, venait de sauter de la sienne. Il se passa en ce moment une espèce de petit embarras qui fut peut-être la cause première de toute cette histoire. Lise donnait le bras à un grand jeune homme décoré du nom de garçon d'honneur et qui touchait à Sterny. Lise, appelée par une autre jeune fille venant derrière elle, se retourna pour rétablir une fleur dérangée dans sa coiffure, tandis que le garçon d'honneur restait immobile tenant son bras ouvert en cerceau pour recevoir le beau bras de la jeune Lise. Mais au moment où elle achevait son office, une voix appela le jeune homme en tête du cortége. Il s'éloigna, tandis que Lise passa son bras dans celui qu'elle rencontra à sa portée, et qui se trouva être celui du beau lion : alors elle se retourna vivement en disant :

— Allons, dépêchons nous !

A l'aspect du visage de Sterny, elle poussa un petit cri et voulut se retirer ; mais Léonce serra le bras, retint la main, et dit en souriant :

— Puisque le hasard me le donne, je veux en profiter.

— Pardon, monsieur, répondit Lise, mais je suis demoiselle d'honneur ; je ne peux pas, M. Tirlot se fâcherait.

— Qui ça, M. Tirlot ?

— Eh bien ! le garçon d'honneur, c'est un droit...

— C'est un droit que je lui disputerai en champ clos, dit le jeune lion, qui s'imaginait dire la chose du monde la plus insignifiante.

Lise le regarda de tous ses yeux, et répondit d'une voix émue :

— Si c'est comme ça, monsieur, venez, je lui dirai que c'est moi qui l'ai voulu.

Cette phrase et l'émotion avec laquelle elle fut prononcée prouva à Léonce que Lise avait pris le champ clos au sérieux, et qu'elle était persuadée que le marquis eût tué le garçon d'honneur s'il s'était permis de faire une observation. Cependant tout le monde était entré dans la salle municipale, Léonce et Lise entrèrent les derniers, et la jeune fille se hâta de dire :

— C'est M. Tirlot qui m'a laissée là sur le trottoir, et sans M. le marquis, à qui j'ai été forcée de demander son bras, je n'aurais pas eu de cavalier.

Le mot cavalier désenchanta un peu Léonce; mais le maire n'était pas arrivé, et, faute de mieux, il s'assit à côté de mademoiselle Lise. Il ne sut d'abord que lui dire, et évidemment il la gênait beaucoup par sa présence.

Léonce voulut faire le bonhomme, et dit en souriant doucement :

— Voilà un jour qui fait battre le cœur aux jeunes filles...

Lise ne répondit pas.

— C'est un grand jour...

Même silence.

— Et qui arrivera sans doute bientôt pour vous?

— Ah ! que ce maire est ennuyeux ! dit Lise, il se fait toujours attendre.

Léonce comprit qu'il réussissait peu ; mais, assis qu'il était près de cette belle enfant, il admirait avec tant de plaisir la pureté merveilleuse de son profil, la grâce de ce cou flexible si doucement courbé ; et puis il sentait pour la première fois arriver jusqu'à lui cette fraîcheur de vie bien plus suave que l'atmosphère parfumée d'une belle dame. Il ne se découragea pas, et saisissant au vol les mots de Lise, il reprit de sa voix la plus caressante :

— Vous parlez bien légèrement d'un si grave magistrat !

— Qui ça ? dit Lise, monsieur le maire, est ce que c'est un magistrat ?

On a beau faire des constitutions très admirables, quand le temps ne les a pas sanctionnées elles n'entrent pas dans les sentiments de la masse. Que le maire soit le consécrateur légal et unique du mariage, la loi le veut ainsi ; mais l'acte auquel il préside, quelque grave, quelque indissoluble qu'il soit, n'est aux yeux du peuple qu'un contrat qui sent le papier timbré ; la vraie cérémonie du mariage, celle où il y a préoccupation, respect, prière, ne s'accomplit qu'à l'église. Sterny était un peu de cet avis ; il comprit parfaitement l'exclamation de Lise, et lui répondit pour la faire parler :

— Certainement c'est un magistrat, car c'est lui qui véritablement va marier votre sœur ; le mariage à l'église n'est qu'une formalité.

A ce mot, Lise leva un regard effrayé sur Léonce et se recula doucement de lui, puis elle baissa les yeux et répondit :

— Je sais, monsieur, qu'il y a des hommes qui pensent ainsi; mais je ne serai jamais la femme d'un homme qui ne s'engagera pas à moi devant Dieu.

— Ah! se dit Léonce, la petite est dévote. Mais elle est si belle !... encore un essai.

— Et ce serment, dit-il, ne vous engage pas à grand'chose, car celui qui vous obtiendra jamais fera tout ce que vous voudrez.

— Je l'espère bien, dit Lise d'un ton mutin.

— Ah! reprit Léonce, vous êtes despote.

— Oh oui ! fit-elle en reprenant toute sa jeune insouciance.

— Mais savez-vous que c'est mal? lui dit Léonce.

— Qu'est-ce que cela vous fait? répliqua-t-elle en lui riant au nez; ce n'est pas vous qui en aurez à souffrir.

— Cela ne m'empêche pas de plaindre celui que vous tyranniserez un jour, repartit Léonce en riant aussi.

— Moi je crois qu'il ne s'en plaindra pas, ça me suffit.

— Vous l'a-t-il déjà dit?

— Non, mais j'en suis sûre.

— Il vous aime donc bien?

— Qui ça? dit Lise d'un air étonné.

— Mais ce futur époux, ce futur esclave, qui sera si heureux de sa chaîne.

— Est-ce que je le connais ?

— Mais vous disiez que vous étiez sûre...

— Ah ! dit Lise, je suis sûre que je l'aimerai bien, monsieur; je suis sûre qu'il sera un honnête homme, et comme je serai une honnête femme, j'espère qu'il sera heureux.

Ceci fut dit d'un ton si sincère et si vrai, que Léonce crut à la foi de cette jeune fille, et lui dit avec conviction :

— Vous avez raison, il le sera.

— Ah! fit Lise en se levant, voilà votre magistrat.

Le maire entra, et la cérémonie commença.

IV.

Le maire lut aux futurs conjoints les articles du code qui pourvoient à leur bonne intelligence; ils jurèrent de s'y soumettre, déclarèrent s'accepter l'un l'autre, et on passa dans le bureau particulier où se donnent les signatures.

Signer un registre semble une action bien aisée, et cependant il arriva que ce fut un petit événement où Léonce se fit remarquer par Lise, et toujours d'une façon peu avantageuse. Quand les deux époux et leurs ascendants eurent signé, ce fut le tour des témoins; Léonce fit comme les autres, et sa surprise fut grande, en passant la plume à celui qui lui succédait, de voir Lise qui secouait la tête avec une petite moue de mécontentement.

Est-ce parce qu'il avait signé le marquis de Sterny? mais l'omission de son titre lui eût paru peu obligeante pour Prosper Gobillou, qui se targuait d'avoir un marquis pour témoin. Est-ce qu'il avait signé avant son tour, ou pris plus de place qu'il ne fallait?

Sterny restait tout intrigué, lui qui se croyait tout le savoir vivre d'un homme du monde, d'exciter le mécontentement d'une petite fille de boutique, et il voulait savoir en quoi il avait failli à ses yeux. Cela lui semblait amusant. Pour cela il demeura debout près du bureau, en regardant tantôt Lise, tantôt ceux qui signaient après lui, et qui lui semblaient faire absolument comme il avait fait, sans que la jeune fille le trouvât mauvais; mais lorsque ce fut le tour de Lise de signer, elle lui fit comprendre combien il avait été inconvenant. En effet, lorsque le commis lui présenta la plume, elle s'arrêta, en disant d'une voix tant soit peu moqueuse:

— Pardon, que j'ôte mon gant.

Et le gant ôté, elle signa avec la main la plus fine et la plus blanche...

Léonce comprit; il avait signé la main gantée. Signer un acte de mariage avec un gant! est-ce qu'on prête serment devant la justice avec un gant! Léonce y pensa et se dit:

Ces gens-là ont de certaines délicatesses de bon goût. Que fait un gant de plus ou de moins à la sainteté d'un serment ou à la signature d'un acte? Rien sans doute. Et cependant il semble qu'il y ait plus de sincérité dans cette main nue qui se lève devant Dieu, ou qui appose le seing d'un homme en témoignage de la vérité. C'est un de ces imperceptibles sentiments dont on ne peut se rendre un compte exact, et qui existent cependant.

Léonce y réfléchissait encore, lorsqu'on se mit en ordre pour sortir. M. Tirlot, garçon d'honneur, et par conséquent grand maître des cérémonies, était descendu pour faire avancer les voitures; Léonce crut donc pouvoir offrir de nouveau son bras à Lise. Elle le prit d'un air peu charmé, mais sans faire attention qu'elle avait oublié de remettre son gant; et voilà Léonce qui marche à côté d'elle, la tête baissée, les yeux attachés sur cette main charmante doucement appuyée sur son bras.

Au premier aspect, Lise lui avait semblé une belle jeune fille; mais tout en lui accordant de prime abord une beauté éblouissante de jeunesse et de fraîcheur, il n'avait pas pensé qu'elle possédât tous ces détails de grâce privilégiée, par lesquels les femmes du monde se vengent d'être pâles, maigres et fanées : il considérait cette main si soyeuse et si effilée, comme une rareté précieuse, égarée parmi des Auvergnats, et peu à peu ses yeux s'arrêtèrent sur un anneau passé à l'index, et portant une petite plaque en or. Sur cette plaque était gravée en caractères imperceptibles une devise que Léonce s'obstinait à vouloir déchiffrer. Il y mettait une telle attention, qu'il ne s'aperçut pas qu'ils étaient arrivés, et que l'on montait en voiture. Il sembla que Lise ne fût pas absorbée dans une si profonde contemplation; car ces jolis petits doigts que Léonce admirait si assidûment, s'agitèrent d'impatience, et finirent par battre sur le bras de Léonce un trille infiniment prolongé.

A ce moment Léonce regarda Lise; au mouvement qu'il fit pour relever sa tête, elle le regarda, mais d'un air si moqueur, que Sterny ne voulut pas être en reste, et lui dit :

— Il paraît que mademoiselle est grande musicienne?

— Et pourquoi ça? fit Lise avec une petite mine de dédain.

— C'est que vous venez de jouer sur mon bras un galop ravissant.

Lise rougit; mais cette fois, avec un embarras pénible, elle retira brusquement son bras nu du bras de Léonce, et, ne sachant plus ce qu'elle faisait ni ce qu'elle disait, elle balbutia à demi-voix :

— Oh! pardon, monsieur, j'ai oublié de mettre mon gant.

— Comme moi, j'ai oublié de l'ôter, repartit Sterny. Vous voyez que tout le monde peut se tromper.

Lise ne trouva rien à répondre; le marchepied d'une voiture était baissé devant elle, elle y monta rapidement, si rapidement que Léonce put voir le pied le plus étroit, le plus cambré, s'attachant gracieusement à la cheville la plus mignonne. Sterny eut envie de se placer près d'elle, mais il eut le bon esprit de ne pas le faire. Sans s'en apercevoir, Lise était montée dans la voiture de Léonce : il se retira en disant vivement au valet de pied :

— Fermez et suivez les autres voitures, et il s'élança tout aussitôt dans un remise où se trouvait madame Laloine.

— Eh bien ! s'écria la mère, et Lise, qu'en avez-vous fait?

— Je l'ai mise en voiture.

— Avec qui ? demanda la prudente mère.

— Hélas! toute seule, madame.

— Comment toute seule?...

— Oui, madame, elle a monté sans s'en apercevoir, je crois, dans ma voiture.

— Ah! fit madame Laloine; je ne sais pas ce qu'elle a; elle est tout ahurie depuis ce matin.

— C'est mon coupé, ajouta modestement Léonce; il n'y a que deux places et je n'ai pas osé...

Madame Laloine remercia Léonce de sa retenue par un salut silencieux et solennel, et ajouta :

— Elle va bien s'ennuyer toute seule.

Léonce eut une idée secrète qu'elle ne s'ennuierait pas.

V.

En effet, Lise fut d'abord étonnée de se trouver seule, mais elle en profita pour se remettre de l'embarras où l'avaient jetée les paroles de Léonce; et, répondant aux réflexions qu'elle faisait comme aux observations qu'on lui adressait, elle secoua sa jolie tête en se disant :

— Eh bah! qu'est-ce que ça me fait?

Cela dit, elle se mit à examiner ce splendide carrosse tout doublé de satin, tout orné de glands de soie et dont le balancement était si sourd et si doux. Elle s'assit d'un côté et de l'autre pour sentir la molle flexibilité des coussins, leva à moitié une glace pour en admirer l'épaisseur, et se mit à sourire d'aise de se trouver là.

Alors elle se rappela qu'ainsi devaient être

faites les belles voitures de ces grandes dames qu'elle voyait courir dans les Champs-Élysées; et sans penser qu'elle pouvait en occuper une aussi bien que la plus noble d'entre elles, elle se laissa aller à imiter le nonchalant abandon avec lequel elles s'accotent dans un coin de leur équipage.

La folle enfant s'y ploya comme elles, à demi couchée; pressant de sa fraîche joue et de ses blanches épaules cette soie dont la souplesse la caressait si doucement, se prêtant avec un mol affaissement aux mouvements de la voiture, clignant des yeux pour regarder d'en haut ces pauvres gens à pied qui tournaient la tête pour la voir. Puis, comme apercevant au loin quelqu'un de sa connaissance, se mordant doucement la lèvre inférieure à travers un fin sourire, et balançant imperceptiblement la tête pour adresser un salut intime au beau cavalier qui passe; et, dans cette petite fantasmagorie improvisée, il se trouva que le beau cavalier fut Léonce Sterny.

En effet, quel autre que le beau lion Lise pouvait-elle faire passer sur un beau cheval anglais, courant avec grâce à côté d'elle? ce n'était certainement pas M. Tirlot, qu'elle avait vu tomber d'âne dans une partie de Montmorency. Ce fut donc à Sterny à qui elle adressa son plus doux sourire, son plus doux regard comme il passait devant elle.

Mais comprenez quelle dut être sa stupéfaction quand elle aperçut véritablement le visage de Léonce, mais immobile, mais à pied, et lui offrant la main pour descendre de voiture. Elle tressaillit d'abord de se voir ainsi surprise dans ce nonchalant abandon, comme un enfant qui a pris une place qui ne lui appartenait pas; et puis, quand Léonce lui dit, en l'aidant à descendre :

— Qui donc saluiez-vous ainsi d'un si doux regard et d'un si doux sourire?

Elle eût voulu se cacher bien loin, honteuse et toute troublée. Aussi ce fut tristement et lentement qu'elle entra dans l'église, et Léonce put remarquer qu'elle prit peu de part à la cérémonie qui eut lieu. Lise ne regarda pas du coin de l'œil la figure de la mariée, ni la tenue embarrassée de l'époux; elle ne suivit pas curieusement l'anneau pour savoir s'il passerait la seconde phalange qui prédit la soumission; Lise pria, et pria sincèrement pour elle. On eût dit qu'il y avait un remords dans ce jeune cœur, et qu'elle demandait à Dieu un vrai pardon de sa faute.

Dieu le lui accorda; car à la fin elle se releva calme, heureuse, forte : et au moment où on passa dans la sacristie elle se tourna vers Sterny, qui l'observait avec une attention marquée, et sans paraître s'en apercevoir, elle marcha à lui, prit son bras, et lui dit d'un tout autre ton que celui dont elle avait parlé jusque-là :

— Tout ceci vous ennuie sans doute beaucoup, monsieur?

— M'ennuyer! et pourquoi?

— C'est que cela vous dérange de vos habitudes et de vos plaisirs, mais vous allez être bientôt délivré.

VI.

Jusque-là Sterny, malgré les sollicitations de Prosper Gobillou et de M. Laloine, avait gardé *in petto* la résolution de ne pas rester une minute après la signature à l'église. Toute la grâce, toute la beauté de Lise même, en l'occupant beaucoup, ne l'avaient pas décidé à braver l'ennui d'une noce bourgeoise; car il avait parfaitement compris que cela ne le mènerait à rien qu'à avoir admiré quelques heures de plus cette belle enfant.

Mais il lui sembla que la phrase de Lise était une espèce de congé qu'on lui donnait; il pensa donc, et justement, que ce n'était pas lui qui serait délivré d'un ennui, et il ne voulut pas accepter cette manière d'être évincé; aussi répondit-il à Lise :

— Je n'éprouve aucun ennui, mademoiselle, à faire une chose convenable et qui paraît avoir été désirée par Prosper et lui être agréable; si elle ne l'est pas pour tout le monde, ce n'est pas moi qui me suis trompé, c'est votre beau-frère, et c'est lui que vous devez gronder de ma présence.

Cette fois encore Lise fut vivement contrariée de s'être attiré cette admonestation faite avec une politesse sérieuse et à laquelle elle ne put rien répondre : car Léonce la salua aussitôt et se retira dans un coin de la sacristie. Lise se cacha parmi ses jeunes compagnes, n'écoutant point leurs caquetages à mi-voix : elle était tout absorbée dans ses pensées, quand une autre jeune fille lui poussa vivement le coude en lui disant :

— Regarde donc!

Elle regarda et vit Léonce qui signait :

— Il a ôté son gant, ajouta la jeune fille avec un petit accent de triomphe, comme pour féliciter Lise du succès de la leçon qu'elle avait donnée au beau marquis.

Léonce, qui avait entendu l'exclamation, leva les yeux sur Lise et rencontra son regard qui avait quelque chose d'inquiet :

Lise sentit comme par un indicible instinct qu'il se passait entre elle et ce jeune homme quelque chose qui n'eût pas dû être ainsi, et lorsque ce fut son tour de signer, ses yeux étaient pleins de larmes, sa main tremblait, et quand sa mère, qui était près d'elle, lui demanda ce qu'elle avait :

— Rien, rien, dit-elle, une idée.

Et profitant de l'alarme qu'elle avait causée à sa mère, elle s'attacha à son bras :

— Prends-moi dans ta voiture, maman! lui dit-elle avec l'accent d'un enfant qui a peur et qui demande protection.

— Viens! viens! ma pauvre Lise, lui dit sa mère en l'embrassant et en l'entraînant dans un petit coin, tandis que les hommes graves de l'assemblée souriaient entre eux d'un air capable, que les jeunes gens regardaient sans rien comprendre et que Léonce se disait dans son coin :

— Certes, je reviendrai pour le dîner et pour le bal.

Tout le monde descendit, et Lise regarda Sterny remonter dans sa voiture. Le cocher, humilié d'avoir été si longtemps en mauvaise compagnie de remises, se mit à faire piaffer les chevaux de façon à faire craindre qu'il n'allât tout briser, puis disparut avec rapidité. Lise poussa un gros soupir, et remontant en voiture, elle se trouva à son aise pour la première fois depuis la matinée et se mit à parler de la belle toilette qu'elle allait faire pour la soirée. Mais au milieu de cette importante discussion, elle porta tout à coup la main à son cou.

— Ah! mon Dieu! j'ai perdu mon médaillon; mon Dieu! mon Dieu! je l'avais, j'en suis sûre!

— Il est peut-être tombé à la mairie, peut-être tombé à l'église, peut-être dans une voiture.

— Ah! dit Lise, pourvu que ce ne soit pas dans celle de M. Sterny.

— Et pourquoi! lui dit sa mère; il le trouvera et nous le rapportera.

— Il revient donc?

— Il nous l'a promis.

Lise ne répondit pas, mais elle redevint triste, ne parla plus et pensa que sa toilette, dont elle avait d'abord été si ravie, n'était peut-être pas si charmante qu'elle l'avait pensé. Mais Lise n'était pas d'un âge et d'un caractère à ce qu'une pareille préoccupation durât bien longtemps, et à peine était-elle dans la maison qu'elle avait jeté de côté toutes ces craintes vagues, et qu'elle s'était écriée :

— Ah! mais non! je veux être gaie aujourd'hui.

Et, sans qu'il fût besoin de plus longs raisonnements, elle se délivra de la pensée du beau marquis, et se promit de s'amuser à son nez, et comme s'il était un jeune homme tout comme un autre.

Quant à Léonce, dès qu'il fut seul, il hésita de nouveau à reparaître à la noce.

Quelque bonne opinion qu'il eût de lui-même, il comprenait bien qu'il n'y avait rien à faire en ce jour pour lui près de cette petite fille, et ce jour ne pouvait pas avoir de lendemain. Qu'irait-il faire dans cette famille de plumassiers? et, si on n'osait le mettre à la porte, de quel air l'y recevrait-on?

Décidément, tout cela n'avait pas le sens

commun; et ce qu'il avait de mieux à faire, c'était d'écrire, en rentrant chez lui, un billet d'excuse, et de dîner à six heures au café de Paris, au lieu d'aller au Cadran-Bleu où se faisait la noce.

Mais ce juste raisonnement n'arrivait à l'esprit de Sterny qu'à travers l'image de Lise, et cette image était si charmante !

VII.

Il serait difficile de dire tous les rêves qui passèrent par la tête du lion à mesure qu'il se rappelait cette précieuse beauté; se faire aimer de cette belle fille, l'enlever à sa famille, se battre contre quelque frère inconnu, subir même un procès scandaleux contre sa famille, faire parler de lui dans les journaux, être condamné pour séduction par les tribunaux et être absous par le monde, à qui une si merveilleuse beauté rendait un pareil crime excusable, trouver dans cette passion une renommée à désoler tous ses amis, tout cela le tentait grandement; mais presque aussitôt il mesurait les obstacles, comptait les difficultés insurmontables, et rejetait bien loin pareille idée, non comme coupable, mais comme impossible.

Enfin il en était venu à s'arrêter au parti pris de ne pas y retourner, quand il aperçut sur le coussin de sa voiture une petite plaque d'or suspendue à un mince cordonnet de che veux. Cette plaque était en tout pareille à celle que Lise avait à sa bague; elle portait comme elle une devise, et cette devise était :

Ce qu'on veut, on le peut.

A ce moment, le lion se posa en face de lui-même, et se trouva tout à fait méprisable et sans portée.

Quoi ! une petite fille de la rue Saint-Martin osait se donner pour devise : *Ce qu'on veut, on le peut;* et lui, lion, ne se sentait la force ni de vouloir ni de pouvoir !

— Pardieu ! se dit-il, je voudrai et je pourrai !

Et pour s'encourager dans cette noble résolution, il se rappela toutes les femmes qu'il avait prises d'assaut ou enlevées à ses amis.

Cependant, toute récapitulation faite, il trouva qu'aucun des moyens avec lesquels il avait réussi jusque-là ne pouvait être de mise dans sa nouvelle entreprise, et qu'il lui fallait trouver toute autre chose.

Sur ces entrefaites il arriva chez lui, où il trouva installés quatre ou cinq de ses amis, discutant très chaudement sur l'inconstitutionnalité de l'admission des chevaux du gouvernement dans les courses du Champ-de-Mars.

L'arrivée de Sterny mit fin à la discussion.

A son aspect, le gros beau Lingart, le pédicure dont nous avons parlé, s'écria en se rengorgeant dans sa cravate :

— Eh bien ?...

— Eh bien! j'ai perdu, repartit Aymar de Rabut, le lion artistique.

— Comment diable! ajouta Marinet, le fils du potier, comment diable aussi vas-tu parier quelque chose contre ce gros agioteur? tu sais bien qu'il a l'instinct des bonnes affaires, et qu'il suffit qu'il touche à la plus mauvaise pour qu'elle tourne à bien dès qu'il y a quelque chose à gagner pour lui.

— Mais oui, je suis assez heureux, dit Lingart d'un air qui voulait dire je suis assez habile, et en ramassant du bout de sa langue les quelques poils de barbe qui avoisinaient le coin de sa bouche.

— De quoi s'agit-il donc? dit Sterny.

— Il s'agit, dit Lingart, que nous dînons au Rocher de Cancale, et que c'est Aymar de Rabut qui nous traite.

— Il y a donc eu pari? dit Léonce, qui pointa les oreilles comme un cheval de bataille qui entend la trompette.

— Oui, dit Aymar de Rabut, je ne sais pas comment cela s'est fait, j'ai soutenu pendant une heure que tu t'ennuierais à crever à ton mariage, qu'hommes et femmes t'assommeraient, et au bout du compte il s'est trouvé que c'est moi qui ai parié que tu te laisserais empêtrer par les familles des futurs, et que tu resterais au dîner et au bal, et c'est Lingart qui a parié que tu reviendrais.

— Mais quand je te dis, s'écria Marinet, que si tu allais lui réclamer cent louis, et qu'il ne voulût pas les payer, il te prouverait clair comme deux et deux font quatre, que tu lui dois dix mille francs!

— Ah bah! dit Lingart, vous trouvez donc qu'il est très-clair que deux et deux font quatre?

On le regarda comme s'il disait une bêtise. Mais il ajouta avec une arrogance de sottise si prodigieuse, qu'il stupéfia l'assemblée :

— Eh bien! faites-moi le plaisir de me prouver que deux font quatre?

— Ceci, mon cher, est de l'Odry tout pur.

— C'est si peu de l'Odry, que j'offre de parier vingt-cinq louis qu'aucun de vous ne me prouve que deux et deux font quatre.

— Pardieu! dit Aymar de Rabut, cela n'a pas besoin d'être prouvé; cela est, parce que...

Il s'arrêta, et Lingart reprit d'un air triomphateur :

— Eh bien! pourquoi cela est-il?

Il attendit une réponse qui ne vint pas, et reprit doctoralement :

— Va commander notre dîner, et...

— Et que ce soit splendide, dit Sterny en riant; car c'est Lingart qui paie.

— Comment ça? fit le spéculateur.

— Parce qu'Aimar a gagné. Je retourne au dîner et je reste au bal.

— C'est pour me faire perdre, dit Lingart.

A ce mot, la conscience de parieur de Sterny se troubla, et il réfléchit.

Et puis il dit :

— J'annule le pari.

— Pourquoi donc?

— C'est que lorsque je suis entré ici, je n'étais pas bien sûr de ce que je ferais, et je ne sais pas encore ce que j'aurais fait, si vous ne m'aviez pas parlé du pari.

— Et quelle est la raison qui t'a décidé tout à coup ?

— Rien. Seulement je ne puis pas faire autrement.

— Pourquoi ça? dit Lingart.

— Ah! ceci, répliqua Sterny, ne peut pas plus se prouver, que deux et deux font quatre.

— Cependant, vous vous l'êtes prouvé à vous-même, puisque vous en doutiez.

— Ah çà! dit Sterny, vous devenez horriblement ennuyeux, Lingart, avec votre manie de dissertation.

— Il s'exerce pour la Chambre des députés, dit Marinet.

Lingart, qui venait de dépenser trente mille francs pour avoir trois voix, se mordit les lèvres et fit semblant de hausser les épaules, et l'on se mit à plaindre Sterny, qui se laissa faire de la meilleure grâce du monde et sans trop écouter tant qu'il ne s'agit que de lui. Mais il arriva que la conversation se promenant au hasard sur les occupations journalières de ces messieurs, on parla d'une petite fille qui s'était montrée la veille dans les coulisses de l'Opéra, et que l'on avait proclamée délicieuse.

De là on entra dans tous les détails de cette

jeune beauté que Sterny avait lui-même fort applaudie : et, par un retour assez ordinaire sur ses souvenirs, il se trouva que cet éloge tourna tout au profit de Lise : qu'admirait-on, en effet, à côté de cette parfaite beauté ? un visage à peu près joli, des mains à peu près élégantes, une tournure faite, un pied cruellement emmaillotté pour paraître petit, tandis que chez Lise tout était vraiment parfait, sincèrement beau. La plumassière devenait à chaque instant plus charmante dans l'esprit de Léonce, et par une autre coïncidence il se prit à se repentir des idées vagues de séduction qu'il avait eues contre elle ; car le lion artistique Aymar s'écria au milieu de la conversation :

— Ah çà ! Lingart, j'espère que vous laisserez cette petite fille tranquille ?

— Oui, dit le gros beau, oui, jusques après ses débuts.

Ceci prit sans doute dans la physionomie de Lingart un sens très-particulier, car Sterny en éprouva un mouvement de dégoût. Il nous serait difficile d'expliquer le mystère de cette phrase ; mais Léonce réfléchit que s'il trouvait odieux qu'on remît la perte d'une fille de théâtre à un temps marqué d'avance pour qu'elle valût mieux la peine d'être perdue, il était bien autrement coupable, lui, de méditer celle d'une enfant qui au moins ne bravait pas le danger. Mais il arriva à Léonce ce qui arrive aux gens qui ont la conscience facile : il se persuada si bien qu'il ne réussirait pas, qu'il se crut permis de tenter de réussir sans trop de scrupule.

Bientôt après on le laissa; et comme six heures sonnaient, Sterny entrait au Cadran-Bleu.

VIII.

L'amour est une belle passion pour les conteurs comme nous; il a cet avantage excellent, qu'on peut le faire aller de l'allure qu'on veut, sans que personne ait à vous demander compte de la vraisemblance de ses actions.

C'est en amour surtout que le plus invraisemblable est le plus vrai : passions soudaines et irrésistibles qui éclatent dans le cœur, à l'aspect d'un être inconnu, comme la lumière à qui Dieu ordonna d'être et qui fut; passions lentes et fortes qui pénètrent dans l'âme par une progression imperceptible, comme la chaleur dans le métal, sans qu'il y ait une différence sensible entre la minute qui précède et la minute qui suit, jusqu'à ce que tous deux soient devenus brûlants, de glaces qu'ils étaient; et celles qui vont par sauts et par bonds, s'élançant follement en avant, puis reculant avec timidité; et celles qui louvoient obscurément, et celles qui marchent à genoux, et celles qui s'im posent, toutes vraies dans leurs plus grands écarts, dans leurs contradictions les plus manifestes.

Tout cela, entendez-vous bien, sans tenir compte des caractères, pliant les plus rudes, redressant les plus faibles, tyrannisant les plus impérieux...

Or, voilà pourquoi Léonce était retourné au Cadran-Bleu.

Lorsqu'il entra, personne n'était arrivé que le nouveau marié et M. Laloine qui venaient activer les apprêts du festin. Prosper voulut d'abord laisser Sterny dans la compagnie de M. Laloine, mais Léonce les pria si instamment l'un et l'autre de ne pas s'occuper de lui, qu'ils allèrent à leurs affaires. Il demeura donc seul dans le salon attenant à la grande salle du festin, tandis que le beau-père et le gendre allaient donner un coup d'œil à la salle de bal. Mais en vérité, nous dira-t-on, est-ce bien Léonce de Sterny dont vous nous parlez, un lion qui sait tout l'avantage d'une entrée attardée, qui arrive avant l'heure de se mettre à table, comme un courtaud de boutique ou un homme de lettres invité chez un grand seigneur? Vraiment oui, c'est Léonce de Sterny, un des plus furieux de sa bande; et savez-vous ce qu'il fait pendant que les hôtes sont absents? il tourne autour de la table en lisant chaque carte pour savoir où il sera placé; et lorsqu'il voit qu'on l'a mis entre madame Laloine et une dame inconnue, il change la place de son nom pour voler celle de M. Tirlot et se trouver à côté de Lise.

Regardez-le bien, tremblant de peur d'être surpris au milieu de sa substitution comme un enfant qui met le doigt dans un plat de crème pour voir si elle sera bonne; voyez-le, se retournant tout à coup vers le mur lorsque entre un garçon, et paraissant très-occupé à admirer une vieille gravure d'Énée emportant son père Anchise; puis, lorsque le garçon est sorti, achevant son habile manœuvre qu'il eût trouvée de la dernière sottise s'il l'avait lue le matin dans un feuilleton.

Cependant il a réussi, et le voilà tout inquiet du succès de sa ruse.

M. Laloine entre et veut inspecter une dernière fois la distribution des cartes, et aussitôt Léonce s'approche et lui parle plumes d'autruche et marabout; Prosper parait et veut s'assurer que tout est en règle, et Léonce l'interpelle et s'échappe jusqu'à lui faire de mauvaises plaisanteries sur le trop de fatigues qu'il se donne en un pareil jour.

Il cause, il parle, il rit! Il demande du tabac à M. Laloine, qui le trouve charmant; il se moque avec lui de l'air affairé de Prosper, il l'envoie donner la main aux dames qui descendent de la voiture qui vient de s'arrêter à la porte; Prosper y court, c'est un monsieur et une dame qui demandent un cabinet particulier. Prosper revient, et Sterny lui fait une tirade de morale sur les cabinets particuliers.

A qui en a-t-il ? que veut-il ? Je vous le disais bien qu'en amour rien n'est vraisemblable ; car voilà notre lion qui se donne beaucoup de peine pour quelque chose; eh! pourquoi, mon Dieu! pour s'asseoir à côté d'une petite fille.

Comme le succès absout les plus mauvaises actions, et presque le ridicule, Léonce a donc eu raison, car il a réussi.

Tout le monde arrive; on se salue, on se parle, il faut faire servir; c'est l'affaire de Gobillou, tandis que M. Laloine est obligé de rester au salon pour accueillir les invités. Mais Lise doit être curieuse; elle voudra sans doute savoir où elle sera assise, et elle s'en étonnera. Voilà donc le lion qui se place entre la porte qui ouvre du salon dans la salle à manger, bien assuré que Lise n'osera pas passer devant lui; car au moment où elle est arrivée avec sa mère et sa sœur, madame Laloine a dit très-gracieusement à Sterny :

— Eh quoi ! déjà arrivé, monsieur le marquis ?

Et celui-ci lui a répondu en regardant Lise :

— C'est assez d'une faute en un jour.

Lise, arrivée toute rayonnante et fière, sentit le reproche, et se retira avec humeur dans un coin du salon. Jamais personne ne lui avait gâté un plaisir avec tant de persévérance que M. de Sterny, et pour si peu de chose.

Léonce lui parut insupportable. Aussi se passa-t-il une petite comédie fort amusante lorsqu'il fallut s'asseoir autour de la table.

Léonce, qui connaissait sa place, en prit le chemin et s'installa derrière sa chaise, tandis que Lise cherchait de l'autre côté.

— Là-bas! lui cria Prosper en lui désignant le côté où était Léonce, qu'il fut très-surpris de trouver au bout de son doigt.

Prosper échangea un regard avec M. Laloine, qui pinça les lèvres d'une façon qui voulait dire :

— Mon gendre est un sot.

D'un autre côté madame Laloine, qui comptait sur le voisinage du marquis, regardait M. Tirlot d'un air ébahi, tandis que celui-ci, fier de la place d'honneur qu'on lui avait donnée, s'y installait d'un air superbe.

Lise s'avançait timidement ne sachant quel parti prendre, car elle avait vu tout cet imperceptible dialogue de regards; quant à Léonce, les yeux fixés au plafond, il ne voyait rien, ne regardait rien, il était tout à fait étranger à ce qui se passait.

Cet embarras finit cependant, car il entendit M. Laloine dire à sa fille :

— Voyons, Lise, va donc t'asseoir.

L'inflexion dont ces paroles furent prononcées annonçait une résignation forcée à la maladresse de Gobillou, et Léonce crut que tout le monde s'en prendrait à Prosper. Mais lorsqu'il dérangea sa chaise pour faire place à Lise, elle le salua d'un air si sec, qu'il vit bien qu'elle avait compris que son beau-frère était innocent de cette faute.

IX.

A la première phrase qu'il essaya, Léonce reconnut que Lise était décidée à ne lui répondre que par monosyllabes ; mais il avait deux heures devant lui, et c'était plus qu'il n'en fallait pour venir à bout de cette résolution.

D'abord, il laissa la pauvre enfant se remettre et prendre confiance, et pour cela il ne s'occupa point d'elle. Mais il devint d'une attention extrême pour le gros monsieur qui était placé de l'autre côté de la jeune fille, et qui n'était rien moins que le gros mercier qui l'avait interpellé le matin sur la question des sucres.

Sterny reprit intrépidement la discussion, qui était forcée de passer devant ou derrière la jeune fille, mais de façon à ce qu'elle n'en perdît pas un mot. Il y avait de quoi ennuyer un député lui-même. A la fin, Lise ne put s'empêcher de laisser voir toute son impatience par de petits tressaillements très-significatifs. Mais Sterny fut impitoyable; il continua en s'échauffant si bien, et en échauffant si fort son interlocuteur sur le rendement et l'exercice, que M. Laloine, qui les vit parler avec cette chaleur, s'écria :

— De quoi parlez-vous donc, messieurs ?

— De canne et de betterave, repartit Lise d'un air piqué.

— Ah! fit M. Laloine ; et satisfait d'une conversation si vertueuse, il pensa à autre chose.

Mais le moment était mal pris ; car tout aussitôt Sterny, espérant que c'était le moment d'engager l'attaque, s'adressa à son interlocuteur, et lui dit :

— En vérité, monsieur, je crains que nous n'ayons beaucoup ennuyé mademoiselle ; nous reprendrons notre discussion plus tard.

— Très-volontiers, fit le mercier qui s'aperçut qu'il avait laissé passer presque tout le premier service sans y toucher, et qui voulut réparer le temps perdu.

Cependant Lise ne fit aucune observation, et le gros mercier reprit entre deux bouchées :

— N'est-ce pas, mademoiselle Lise, que votre mère a raison, que les hommes ne sont plus galants? Ainsi nous voilà deux cavaliers à côté d'une jolie femme, et nous ne trouvons rien de mieux que de parler de mélasse, au lieu de lui dire de jolies choses. Mais moi, je suis excusable... un papa... j'ai oublié, au lieu que monsieur, qui est un jeune homme, doit en avoir beaucoup à débiter.

Trouve donc de jolies choses, animal, pensa

Léonce, qui, ne sachant que dire, et voyant la petite moue de dédain de la jeune fille, finit par lui offrir à boire.

Elle accepta et le remercia, et la conversation n'alla pas plus loin.

— Allons, se dit le lion, je deviens bête comme un pavé. Je parierais que M. Tirlot s'en tirerait mieux que moi.

Alors il tenta un effort désespéré, mais des plus vulgaires. Il lui fallut parler de lui pour qu'elle s'en occupât, et lui dit :

— Vraiment, mademoiselle, je suis bien malheureux !

— En quoi donc, monsieur ?

— Voilà deux fois seulement que j'ai l'honneur de vous voir, et j'ai déjà trouvé le moyen de vous déplaire trois ou quatre fois.

— A moi, monsieur ? dit Lise d'un air fort étonné.

— A vous, d'abord ce matin, en arrivant trop tard ; à la mairie, en n'ôtant pas mon gant ; ici peut-être, ajouta-t-il tout bas, en arrivant trop tôt... et...

Allons donc, noble lion, pour ne pas avoir voulu cette fois jouer au fin, vous avez réussi. Lise avait compris en effet ce qu'il voulait dire.

— Et... ? lui dit-elle en le regardant.

— Et, ajouta Léonce avec une vraie expression de jeune homme, et en volant la place de M. Tirlot.

Lise rougit, mais en souriant.

X.

D'abord elle avait deviné juste, ce qui la flattait, et puis le marquis avait fait pour être près d'elle un tour d'écolier, et cela la flattait encore; mais cette fois il y avait de quoi avoir peur, car dans quel but ce beau marquis s'était-il approché d'elle? Le sourire commencé disparut aussitôt pour faire place à un vif embarras.

Lise était trop innocente pour penser à des projets de séduction; mais en qualité de petite bourgeoise, en face d'un gant jaune, elle se dit: « Il veut se moquer de moi, » et elle prit un petit air prude et pincé.

— Vous voyez bien, dit Léonce, que je vous ai déplu.

— Ah! mon Dieu, monsieur, dit-elle, vous ou M. Tiriot, c'était la même chose.

Léonce fit la grimace, l'équation était cruelle; alors il ajouta assez impertinemment :

— Je ne crois pas.

— Ah! fit Lise, qui crut à un excès de fatuité.

— Oui, dit Léonce en tournant assez bien l'écueil, je crois que vous auriez préféré M. Tirlot.

Lise ne répondit pas.

— C'est un de vos parents? dit Léonce.

— Non, monsieur.

— C'est un de vos amis?

— Non, monsieur.

— C'est donc celui de Prosper?

— Oui, monsieur.

— Tant mieux, dit Léonce, il y aura compensation, et on pardonnera à Prosper son ami Sterny en faveur de son ami Tirlot.

— Oh! fit Lise, vous n'êtes pas l'ami de Prosper.

— Moi, et pourquoi donc? Je l'aime beaucoup.

— Oh! ça ne fait rien.

— Je suis tout prêt à lui rendre service.

— Je n'en doute pas, mais ce n'est pas cela que je veux dire.

— Et je crois qu'il a aussi pour moi beaucoup d'affection.

— J'en suis sûre, dit Lise, mais cependant vous savez bien que vous n'êtes pas amis.

— Mais enfin pourquoi?

— C'est que, dit Lise, vous êtes M. le marquis de Sterny, et lui Prosper Gobillou, plumassier.

— C'est bien mal, mademoiselle Lise, ce que vous dites là, fit Léonce d'un air libéral.

— En quoi donc?

— N'est-ce pas dire que ce titre que je porte me rend fier, orgueilleux, impertinent, peut-être?

— Ah! monsieur.

— C'est croire que je ne sais pas rendre justice à l'honneur, à la probité de ceux qui n'ont pas un titre pareil; c'est presque me faire regretter d'être né dans ce qu'on appelle un rang élevé, comme si nous ne vivions pas à une époque où chacun ne vaut que par son mérite et ses œuvres.

Ah! lion, maitre lion, qu'avez-vous fait de votre noble crinière de gentilhomme? Comment! vous voilà débitant sentimentalement des phrases du *Constitutionnel*, ou de mélodrame, et cela d'un ton sérieux? Où sont donc vos amis, pour rire de vous comme vous en ririez vous-même si vous pouviez vous voir?

Mais voilà que vous prenez la chose au sérieux, car Lise vous répond d'un ton affectueux :

— Je vous remercie pour Prosper de ce que vous venez de me dire, cela lui ferait grand plaisir.

— Oh! Prosper me connaît depuis longtemps; nous avons été enfants ensemble, et il n'est pas comme vous, il ne me croit pas un dandy, un lion.

— Qu'est-ce que c'est que ça un lion? dit Lise en riant.

— Oh! reprit Sterny, ce sont des jeunes gens du monde qui se croient de l'esprit parce qu'ils se moquent de tout, qui font semblant de mépriser tout ce qui n'est pas de leur coterie, et qui n'ont pas d'autre occupation que de ne rien faire.

Le lion reniait sa religion et ses frères.

— Ah! dit Lise, je sais ce que vous voulez dire; mais je vous prie de croire que je n'avais pas si mauvaise opinion de vous, monsieur le marquis.

— Pas tout à fait si mauvaise, mais peu favorable cependant.

— Je ne puis pas dire... je ne sais pas... dit Lise en hésitant.

— Ah! vous me devez une réponse. Quelle opinion avez-vous de moi?

Lise hésita encore et finit par dire, en regardant le lion en face, avec une expression de malice enfantine :

— Eh bien! je vous le dirai, si vous me dites, vous, pourquoi vous avez pris la place de M. Tirlot.

Léonce fut embarrassé, la réponse pouvait être décisive, il eut le bonheur de trouver une bêtise, et répondit :

— Je n'en sais rien.

Lise partit d'un grand éclat de rire qui fit tourner la tête à toute l'assemblée.

— Qu'as-tu donc, Lise? — Qu'avez-vous donc, mademoiselle?

Cette question arriva de tous les points de l'assemblée.

— C'est, dit Lise toujours en riant, parce que M. le marquis...

— Oh!... dit Léonce tout bas et tremblant que Lise ne racontât son espièglerie, oh! ne me trahissez pas!

— Qu'est-ce donc? reprit-on encore.

— Oh! ce n'est rien, répliqua-t-elle en se calmant... une idée.

— Voyons, Lise! lui dit sa mère avec un froncement de sourcil portant avec lui tout un sermon.

— Eh! laisse-la rire, dit M. Laloine, c'est de son âge. Le sérieux lui viendra assez tôt.

Il était déjà venu. Lise sentit qu'elle avait été trop loin, lorsque Léonce lui dit tout bas:

— Je vous remercie d'avoir gardé notre secret.

— Quel secret, monsieur?

— Celui de la ruse qui m'a rapproché de vous.

— Cela n'en valait pas la peine, dit-elle froidement.

— Et pourtant cela m'en a beaucoup donné, ajouta Léonce.

Et tout aussitôt le voilà qui fait un tableau gai, grotesque, amusant, de sa campagne, de ses alertes, quand il entendait du bruit à la porte. Lise l'écoutait moitié riant, moitié fâchée, et finit par répondre :

— Et tout ça sans savoir pourquoi ?

— Oh ! je le sais pourtant, dit Léonce, presque ému.

— Ah !... fit Lise.

— Mais je n'ose pas vous le dire.

— Vous, à moi !

— Oui, à vous.

— Vous vous moquez de moi, monsieur le marquis.

— Si je vous le dis, m'en voudrez-vous?

— Mais... reprit Lise, je ne sais pas. C'est selon ce que vous me direz... Ah! non, ajouta-t elle vivement, je ne veux pas le savoir.

Donc elle le savait.

Mais ceci ne faisait pas le compte du lion; il voulait parler, ne fût-ce que pour être écouté, il commença et dit tout bas :

— C'est que ce matin...

— Tenez! tenez! dit Lise en l'interrompant vivement, voilà M. Tirlot qui va chanter.

— Il est fort ridicule ce monsieur, dit Léonce, très-contrarié de se voir arrêter, quand il se croyait sur le point d'arriver à un commencement de déclaration.

— Ridicule! lui dit Lise d'un air digne, et pourquoi, monsieur le marquis ?

Léonce vit sa faute; il était redevenu lion à son insu ; et encore une fois embarrassé, il répondit assez brusquement :

— Je n'aime pas M. Tirlot.

— Et pourquoi ?
— Je lui en veux.
— Mais la raison ?
Léonce se mit à rire de lui-même, et se sauvant de son mieux du mauvais pas où il s'était fourré, il répliqua :
— D'abord parce qu'il est garçon d'honneur, et qu'il avait le droit de vous donner le bras ce matin.
— Ce droit ne lui a guère profité, ce me semble, dit Lise en souriant.
— Et puis, parce qu'on l'a placé à table à côté de vous.
— Et il a bien gardé sa place ! reprit Lise de même.
— Enfin, ajouta Léonce, parce qu'il dansera la première contredanse avec vous.
— Hélas ! il a oublié de me la demander.
— En ce cas, je la prends.
— Comment, vous la prenez ?
— Oui, dit Léonce avec une franche gaité, je veux tout lui prendre ; et si j'étais à côté de lui, je lui soufflerais son assiette, et je lui boirais son vin.
— Ah ! ce pauvre M. Tirlot, dit Lise en riant avec une vraie confiance.
— Nous danserons la première ensemble, n'est-ce pas ?
— Puisque c'est convenu.
— Ce monsieur Tirlot, continua Sterny, emporté par le succès de sa gaité, je voudrais lui voler jusqu'à sa chanson.

— C'est difficile, dit Lise, le voilà qui commence.

— C'est égal, lui dit Sterny tout bas; je veux lui disputer la palme.

— Vrai!

— Vous allez voir!

M. Tirlot commença; il y avait quatre couplets, auxquels ne manquaient ni la mesure, ni la rime, et qui célébraient :

1° Madame Laloine;

2° Monsieur Laloine;

3° Mademoiselle Laloine devenue madame Gobillou;

4° Gobillou.

Il y en avait pour tout le monde.

Ce furent des acclamations et des transports touchants. M. Tirlot triomphait; Lise était émue, elle applaudissait, elle se repentait de la contredanse qu'elle lui volait.

Mais Sterny était en veine de bonheur, et il poussa doucement le coude à Lise, en lui disant :

— Dites que je veux chanter aussi.

Lise se leva, étendit sa jolie main, et chacun se tut, s'attendant à quelque chanson nouvelle dite par la jeune fille. Mais quand elle réclama le silence pour M. le marquis, il y eut des cris d'étonnement et de félicitation pour son amabilité.

Sterny jouait gros jeu; il pouvait être ridicule même pour ces bourgeois; il l'était pour lui-même, et le sentait. Il se jeta tête baissée dans le danger et voulut précipiter la catastrophe

— Pardon, messieurs, dit-il, ce n'est pas une chanson, mais un couplet qui me paraît manquer à la chanson si spirituelle de M. Tirlot.

M. Tirlot s'inclina.

— Voyons! voyons! dit-on de tous côtés.

Et tout aussitôt Sterny se mit à chanter presque aussi fièrement que M. Tirlot lui-même, en s'adressant d'abord à M. et madame Laloine :

> Le droit sacré de faire des heureux
> Est si beau que Dieu nous l'envie :

En montrant Prosper Gobillou et sa femme :

> Et comme vous, quand on en a fait deux
> C'est bien assez, notre tâche est remplie.

A M. et madame Laloine, seuls :

> Et cependant, ce droit que l'on bénit
> N'est pas, pour vous, épuisé sur la terre.

En se tournant vers Lise :

> Car en voyant Lise, chacun se dit :
> Il leur reste un heureux à faire !

Oh! lion, quelle honte! un couplet improvisé à table, à une noce de patentés! Lion, que vous êtes petit garçon! pauvre lion.

Léonce n'eut pas le temps d'y penser; car à

peine le couplet fut-il achevé que toute la table craqua d'applaudissements, de trépignements, de bravos. Lise, qui ne s'attendait pas à la conclusion, cachait sa rougeur en baissant la tête; madame Laloine, tout en larmes, se leva pour venir embrasser Lise, en disant à M. Tirlot.

— C'est vrai, monsieur Tirlot, vous aviez oublié ma Lise!

M. Laloine, ému, vint se mêler à ces embrassements et tendit la main à Léonce en lui disant du fond du cœur :

— Merci, monsieur le marquis, merci! merci !

Puis la mère le remercia, et on le félicita de tous côtés. Cela fit un moment de brouhaha, où tout le monde quitta sa place, tandis que Gobillou criait :

— Au salon ! au salon! Il y a déjà du monde!

Léonce offrit son bras à Lise. Elle le prit; mais il sentit que sa main tremblait.

Elle était confuse, embarrassée; mais elle n'était ni triste, ni contrariée.

— M'en voulez-vous aussi de mon couplet? lui dit Léonce.

— Oh! non, dit-elle doucement; cela a fait plaisir à mon père et à maman.

— Et à vous ?

— Moi... Je le trouve très-joli, dit-elle en baissant les yeux.

Et elle se dégagea doucement pour aller à la rencontre de quelques-unes de ses jeunes amies qui étaient dans le salon, que M. et madame Laloine avaient déjà accueillies, et à qui ils avaient rendu compte de la raison des applaudissements furieux qui venaient d'ébranler le Cadran-Bleu.

— Est-ce vrai? dirent les jeunes filles en l'entrainant, est-ce vrai que le beau marquis a fait un couplet pour toi?

Si ceci eût été dit d'un ton d'affection, Lise eût peut-être nié; mais on fit sonner *le beau marquis* d'un ton si envieux, qu'elle répondit avec affectation :

— Oui, c'est vrai.

— Il paraît que tu as fait sa conquête? dit une fort laide.

— Et sans doute il a fait la tienne?

— Qui sait? dit Lise qui trouvait ses bonnes amies très-impertinentes.

— Et d'abord, dit une autre, je vais me faire inviter pour toute la soirée, pour pouvoir le refuser.

— Ah! ce n'est pas la peine, fit la laide, ces gants jaunes, ça ne danse pas.

— Ça danse, mesdemoiselles, dit Sterny, qui s'était doucement approché en longeant un groupe d'hommes; et il offrit la main à Lise, en lui disant avec un respect profond :

— Mademoiselle n'a pas oublié qu'elle m'a fait l'honneur de me promettre la première contredanse?

— Non, monsieur, non, dit Lise en lui tendant la main.

Cette main tremblait encore.

XI.

Heureusement pour Sterny qu'il avait été tellement entraîné par le charme qui émanait de cette belle enfant, et peut-être aussi par son succès, qu'il n'avait pas eu le temps de réfléchir à tout ce qu'il venait de faire. Mais il en eût peut-être été épouvanté, s'il eût eu un moment de solitude libre, pour considérer ce qu'il avait osé d'*excentrique* à ses habitudes. Le hasard en décida autrement.

L'orchestre avait donné le signal de la danse, et Sterny y prit place avec Lise.

Lise était belle, belle comme on rêve les anges avec la sainte sérénité de l'innocence et le repos candide du bonheur. Cette beauté avait ébloui Sterny, et il l'avait longtemps contemplée avec le seul plaisir des yeux, comme une œuvre admirable qui glorifie, pour ainsi dire, la forme humaine en montrant combien elle peut être magnifique et gratuite.

Mais à ce moment, Lise, tremblante à ses

côtés lui parut bien plus charmante qu'il ne l'avait encore vue. Il se passait dans le cœur de cette enfant quelque chose d inaccoutumé qui la ravissait et qui lui faisait peur. Son cœur venait de tressaillir dans sa poitrine, et il lui semblait qu'il y avait en elle une partie de son être qui n'avait pas encore vécu et qui s'agitait pour vivre.

Dieu a donné deux fois cette ineffable émotion à la femme, la première fois qu'elle se sent aimer, et la première fois qu'elle se sent mère, Mais aucun pinceau, aucune plume ne peut exprimer cette extase agitée qui resplendissait sur le visage de Lise; et Sterny, qui la regardait, s'en laissait pénétrer sans se rendre compte lui-même de l'enivrement inconnu qu'il éprouvait. Il voulut lui parler, et sa voix hésita; elle voulut répondre, et sa voix hésita comme celle de Léonce.

Toute cette contredanse se passa ainsi entre eux; et ce ne fut qu'en reconduisant Lise à sa place que Sterny pensa qu'il allait être séparé d'elle; aussi lui dit-il tout bas :

— Mademoiselle Lise valse-t-elle?

— Oh! non, monsieur, non, répondit-elle avec un balancement de tête qui témoignait que la valse était un plaisir au delà de ses espérances de jeune fille.

— Alors, reprit Léonce, je vous demanderai une autre contredanse.

— C'est que j'en ai promis beaucoup, reprit Lise; mais... mais... maman m'a permis de galoper!

— Ce sera donc un galop?

— Oui, dit Lise, le premier. Mais, d'ici là vous danserez avec d'autres demoiselles?

— Avec vous seule!

— Avec ma sœur, au moins; je vous en prie, dit Lise d'un ton inquiet et suppliant.

— Avec la mariée? vous avez raison, repartit Léonce, je vous remercie de me l'avoir rappelé.

— Et je vous remercie d'y consentir, lui dit Lise avec un doux sourire d'intelligence.

Léonce la laissa près de sa mère et s'en alla dans un autre salon. Malgré lui il était heureux! heureux de quoi! d'avoir troublé cette petite fille! Pauvre triomphe pour un homme dont l'œil de lion avait fait trembler les femmes les plus intrépides et les plus accoutumées à rire de tout et à tout braver, même le scandale!

XII.

Ne demandez pas à Léonce pourquoi il était heureux; il n'aurait point su vous le dire, car cette émotion était aussi nouvelle pour lui que pour Lise, et il ne pensait ni à l'examiner ni à la combattre; il se trouvait bien où il était, il voyait tout d'un œil bienveillant, et si parfois il ne reconnaissait pas une grâce complète dans la manière dont toutes les choses se passaient, il y trouvait une bonne foi qui le charmait : ces gens-là s'amusaient sincèrement.

Il essaya de rester loin du salon où était Lise; mais malgré lui il y revint et glissa son regard entre deux hommes qui barraient la porte.

Lise dansait, mais elle n'était pas à la danse ; ou elle tenait les yeux baissés, ou elle faisait glisser autour du salon un coup d'œil rapide et furtif.

— Qui cherchait-elle ?

Léonce eut peur que ce ne fût pas lui; mais lorsqu'il vit que depuis qu'il était là elle ne cherchait plus, il éprouva un nouveau bonheur, un bonheur si vif qu'à son tour il en eut peur.

Cette peur ne pouvait rester une incertitude dans le cœur de Léonce, comme dans le cœur de Lise; il se demanda ce qu'il éprouvait et rougit en lui-même.

— Ah! çà, se dit-il, mais je fais l'enfant, je deviens fort ridicule; leur vin frelaté m'a monté à la tête. Je suis gris, ou le diable m'emporte! Ça n'est pas possible!

Et pour s'assurer qu'il n'était pas homme à se laisser dominer par une émotion d'enfant, il se mit à regarder Lise.

Lise dansait avec un beau jeune homme, aussi beau que le lion, d'une élégance simple, et qui parlait à sa danseuse avec une aisance parfaite, lui disant sans doute des choses assez intéressantes pour qu'elle l'écoutât avec soin, assez bien dites pour qu'elle y répondît par de petits signes d'assentiment.

A cet aspect, il se passa toute une révolution dans le cœur du lion; il se compara à quelqu'un; il se compara à un homme qui pouvait être un marchand de cotonnade, et il trouvait que rien ne lui assurait un avantage sur cet homme.

Léonce éprouva un désappointement bien plus cruel, quand il vit le visage de Lise tranquille, heureux. La pauvre enfant n'avait d'autre bonheur que d'avoir aperçu le regard de Léonce attaché sur elle, que d'en éprouver une joie, une fierté, un ravissement qu'elle ne redoutait plus, car il n'était pas à ses côtés, et le contact de sa main, le son de sa voix ne la faisait plus trembler.

Un singulier doute pénétra dans le cœur de Sterny :

« Est-ce que cette candide enfant serait une coquette d'arrière-boutique? » se dit-il.

« Ah! vraiment, c'est trop d'ambition, ma belle; vous êtes jolie, mais vos prétentions sont trop impertinentes. »

Comme il pensait cela en regardant Lise, le visage de Léonce prit une expression de hauteur et de dédain, et la douce enfant l'ayant regardé à ce moment fut si surprise de se voir regardée ainsi, qu'elle en devint pâle et que ses yeux fixés sur Léonce semblèrent lui dire :

— Eh bien! qu'avez-vous? qu'est-ce que je vous ai fait, mon Dieu ?

Et tout aussitôt elle n'écouta plus son danseur et se trompa trois fois en dansant.

Léonce vit tout cela et voulut voir si ce n'était pas un jeu. Il ne voulut pas qu'un homme de sa sorte fût dupe d'un manége de fausse Agnès.

En conséquence, lorsque la contredanse fut finie, il prit son air le plus sûr de lui, le plus indifférent, le plus lion, et s'approchant de Lise et de sa mère, il dit à madame Laloine, sans regarder Lise :

— J'ai bien des pardons à vous demander de mon étourderie, madame. En rentrant chez moi, j'ai trouvé dans ma voiture ce cordon d heveux et cette pet te plaque d'or; ils doiven appartenir à quelqu'un de vos invités, et j'avais oublié de vous les remettre.

A ce mot :

« Quelqu'un de vos invités, » Lise regarda Léonce, comme pour lui dire : N'aviez-vous pas compris que c'était à moi ?

Madame Laloine remercia Léonce, et dit à Lise :

— Tu vois bien que j'avais raison de te dire que M. le marquis te les rapporterait.

— Ah ! ils appartiennent à mademoiselle ? dit Léonce, d'un ton froid, en lui présentant ce petit bijou d'un air dédaigneux.

— Oui, monsieur, dit Lise en avançant la main pour le prendre, et en regardant Léonce comme si elle se disait :

« Est-ce que je suis folle ? »

Léonce le lui remit du bout des doigts.

— Donne, dit sa mère, que je le rattache à ton cou.

— Tout à l'heure, maman, dit Lise avec une impatience qu'elle eut peine à contenir.

Et elle l'enveloppa dans son mouchoir, qu'elle serra vivement dans sa main crispée.

Lise était pâle et ses lèvres tremblaient.

Léonce fut satisfait de l'épreuve, et reprit avec une politesse affectée :

— Mademoiselle n'a pas oublié qu'elle doit danser un galop avec moi ?

— Je ne sais, répondit Lise d'un ton douloureux, si maman veut...

— Avec M. le marquis? sans doute, dit madame Lafoine.

L'orchestre joua les premières mesures d'un galop.

Lise donna sa main à Léonce; ils se levèrent et firent le tour du salon, pendant que la foule faisait place aux danseurs.

— Pourquoi, lui dit Sterny, n'avez-vous pas voulu remettre votre charmant collier?

— Oh! charmant, dit Lise avec effort, vous ne pensez pas à ce que vous dites; mais j'y tiens beaucoup.

— C'est un souvenir peut-être!

— Ah oui! répondit-elle en levant les yeux au ciel, c'est un bon souvenir.

— Et la devise écrite sur ce bijou vous le rappelle sans doute?

— Oui, monsieur le marquis, repartit Lise avec une douce dignité.

— Ce qu'on veut on le peut, dit cette devise.

— Oui, monsieur le marquis, ce qu'on veut on le peut, répéta Lise, avec un soupir mal étouffé.

— C'est avoir une grande confiance en sa propre force, que d'adopter une pareille devise, ajouta Léonce...

— Jusqu'à présent elle ne m'a pas manqué, et j'espère qu'elle ne me manquera pas, répondit Lise avec une émotion extrême.

— En avez-vous besoin?

— Nous ne dansons pas, monsieur? dit Lise.

Léonce enlaça la belle enfant dans un de ses bras, et prit dans sa main la main où elle tenait ce talisman.

Ils dansèrent ainsi, lui, la dévorant du regard; elle, les yeux baissés, le visage sérieux.

Tout à coup une larme quitta les paupières de Lise et descendit sur sa joue.

Léonce éprouva un saisissement douloureux, et entraînant Lise dans une petite pièce où se trouvait une table de bouillote, il lui dit :

— Je vous ai offensée, mademoiselle?

— Non, monsieur, non.

— Mais pourquoi pleurez-vous?

— Mais je ne pleure pas, monsieur.

— Écoutez, mademoiselle, lui dit Léonce avec un accent plein de franchise, je ne sais ce que j'ai pu faire ou dire qui vous ait blessée; mais si cela m'est arrivé malgré moi, je vous en demande pardon, et je vous jure qu'un tel dessein était bien loin de mon cœur.

Lise le regarda attentivement, et répondit avec un triste sourire :

— Oh! mon Dieu, tenez, monsieur, ne faites pas attention à ce que je dis ni à ce que je fais. Voyez-vous, c'est qu'étant enfant j'étais toujours si faible, si souffrante, qu'on m'a laissé tous mes défauts, et parmi ceux-là il faut compter une susceptibilité ridicule... sotte...

— Mais en quoi ai-je pu la blesser, cette susceptibilité?

— Ne me le demandez pas, monsieur : dansons, je vous en prie; je ne vous en veux pas... je vous jure que je ne vous en veux pas, ajouta-t-elle avec un mouvement nerveux et une expression de souffrance.

XIII.

Ils achevèrent leur galop, et Léonce vint encore remettre Lise auprès de sa mère.

Presque aussitôt, M. Tirlot s'avança pour réclamer ses droits; mais Lise lui dit avec une douce prière :

— Pas encore, monsieur Tirlot. Je suis toute malade; j'ai le cœur oppressé... je souffre beaucoup. J'ai froid.

Sterny la regarda; elle était plus pâle, et ses lèvres tremblaient d'une vibration convulsive.

Sa mère, à cet aspect, parut très-alarmée, et lui dit tout bas :

— Viens, viens, mon enfant.

— Oui, maman, oui, lui dit-elle d'une voix entrecoupée.

Et elle se traîna hors du salon en s'appuyant sur le bras de sa mère :

— Mais qu'a-t-elle donc? s'écria Léonce en s'adressant à M. Tirlot.

— Ah! mon Dieu! fit celui-ci d'un air de sincère pitié, toujours la même chose, des palpitations de cœur terribles, la moindre fatigue lui fait mal, et une émotion violente serait capable de la tuer.

— De la tuer? se dit Léonce; et moi... qui sait? quand je la regardais avec cet air de dédain, quand je lui rapportais si sottement ce bijou que je savais ne pouvoir appartenir qu'à elle seule, et qu'elle ne m'avait pas redemandé, sachant que je l'avais, peut-être ai-je été blesser grossièrement cette âme délicate, qui s'adonnait gaîment à la joie d'un succès d'enfant! Ah! pauvre enfant! pauvre enfant!... ah! si je le pensais! C'est d'une sottise, d'une brutalité indignes!

XIV.

Léonce s'en voulait. Jouer avec la niaiserie, la vanité d'une petite prude de comptoir, ce pouvait être amusant; mais heurter sans raison la sensibilité maladive d'une enfant si belle, et que l'amour dont on l'entourait attestait si bonne, si vraie, si naïve, c'était odieux. Léonce se trouvait coupable, bête, brutal; il était furieux contre lui-même. Aussi fut-ce avec un véritable intérêt qu'il resta avec quelques personnes à la porte de la chambre où Lise s'était réfugiée avec sa mère.

La jeune fille en sortit bientôt pâle encore, mais calme, sereine.

Elle rencontra le regard alarmé de Léonce; et son doigt, se posant doucement sur son sein, montra à Sterny la plaque d'or qu'elle venait de suspendre à son cou, et ce geste voulait dire :

Ce qu'on veut, on le peut.

Le sourire qui accompagna ce mouvement était si doux, si résigné, qu'il toucha Léonce.

Cet enfant avait souffert, beaucoup souffert, et pour lui, sans doute, à cause de lui.

Sterny eût voulu lui demander pardon, mais le cœur à genoux, pour bien lui faire comprendre qu'il était honteux et triste de l'avoir blessée.

Lise était replacée près de sa mère, et ne devait plus danser, et Léonce n'avait plus le moyen de s'approcher d'elle pour elle seule. Il était mal à son aise; cette foule lui pesait non pas comme un assemblage de caricatures ridicules, ainsi qu'il eût pu la considérer la veille, mais comme comprimant son cœur. A ce moment, il eût voulu crier, jurer; il eût presque voulu pleurer.

Ce sentiment le gagna si puissamment qu'il fut sur le point de partir.

Mais partir sans apporter ses excuses et son repentir à cette faible et douce créature qu'il avait fait souffrir, il ne le voulut pas; et s'étant approché de madame Laloine, il lui dit d'un air grave :

— Si j'avais été un simple invité à cette fête, madame, j'aurais cru pouvoir me retirer sans vous présenter mes devoirs; mais j'ai été le témoin de Prosper, et je vous prie d'agréer mes remercîments d'avoir admis dans votre famille un honnête homme qui est presque de la mienne.

— Je vous remercie, monsieur, lui dit madame Laloine d'un ton ému, tandis que Lise regardait Léonce avec un doux saisissement, je vous remercie; car ce n'est que votre affection pour Prosper qui peut vous inspirer des paroles si flatteuses pour de petites gens comme nous.

— C'est ce que j'ai vu, madame, dit Léonce, et je vous conjure de croire au respect sincère et véritable que j'emporte pour vous et pour toutes les personnes de votre famille.

En disant ces paroles il se tourna vers Lise et la salua profondément sans lever les yeux sur elle. Il ne put donc voir le regard radieux dont s'était illuminé le visage de Lise, mais il vit sa main faire un mouvement involontaire comme pour prendre la sienne et le remercier.

Puis il s'éloigna sans vouloir regarder Lise; ce ne fut qu'à l'autre extrémité du salon qu'il se retourna; elle avait la main appuyée sur son sein et le regardait; il attacha ses yeux sur elle, Lise ne détourna pas les siens; ils se regardèrent longtemps ainsi, tous deux oubliant où ils étaient, tous deux se sentant lire dans le cœur l'un de l'autre. Madame Laloine parla à sa fille; elle sembla s'éveiller d'un rêve; mais avant de se retourner vers sa mère, un doux mouvement de tête avait dit à Léonce :

Adieu et merci !

Le lion partit; il était fou, bouleversé, stupide; il voulait se railler et ne pouvait pas.

Cette image de Lise apparaissait si candide, si pure, lui disant :

— Malheureux! pourquoi te traiter comme

tu m'as traitée? pourquoi insulter à ce que tu as senti de bon, de saint, de délicieux, comme tu as insulté à ma joie?

Et voilà Léonce qui s'agite dans cette voiture où s'était appuyé le corps souple de Lise, et cherchant une trace qu'elle eût pu y laisser.

Le misérable, il en avait trouvé une, et il pouvait la garder; et pour faire de l'impertinence il l'avait rendue à qui ne l'eût pas redemandée; il en était sûr maintenant.

Comme il était dans cet état de fureur contre lui-même, sa voiture s'arrêta et la portière s'ouvrit. Il descendit et regarda : il était devant le club des lions. Il hésita à entrer, puis il monta rapidement en se disant :

— Si ce butor de Lingart me dit une seule mauvaise plaisanterie, je le soufflette. Et dans sa colère il se mit à une table de jeu, perdit cinq cents louis après avoir stupéfié tout le monde par la mauvaise humeur qu'il montrait, lui d'ordinaire si beau joueur, et rentra chez lui à la pointe du jour, ne pensant pas plus à ses cinq cents louis qu'à sa dernière maîtresse et se disant :

— Je la verrai, je veux la voir; mais comment?

XV.

Jamais homme ne fut plus embarrassé que Sterny pour trouver un moyen convenable de revoir Lise. Dans les paroles qu'il avait dites à madame Laloine, il avait pris, pour ainsi dire, un congé définitif de cette famille qui n'était pas de son monde, et avec laquelle il ne pouvait continuer d'avoir des relations sans qu'elle s'en étonnât. A la rigueur, il devait faire une visite de politesse, mais c'est tout ce qu'il avait à prétendre. Il pensa bien à rencontrer Lise à l'église, mais dans notre siècle si peu dévot il n'est pas rare de voir un homme comme Léonce répugner à une telle profanation.

Par cela seul qu'il n'entrait jamais dans une église pour y prier, il n'eût pas voulu y entrer pour y poursuivre une femme. Ce qu'eût fait un gentilhomme de Louis XIV une heure après être sorti du confessionnal, ce que ferait encore un Espagnol catholique au moment où il vient d'approcher de la sainte table, l'incrédule Léonce ne voulut pas le faire. C'était dans toute sa pureté le scrupule que l'athée Canillac exprimait d'une façon si plaisante à l'abbé Dubois en pareille occasion; il s'agissait d'un rendez-vous avec une certaine abbesse, la nuit, dans la chapelle de Versailles.

— Allez-y, si vous voulez, dit Canillac au cardinal, vous êtes un ministre de Dieu, c'est affaire entre vous; quant à moi, je ne suis pas assez lié avec lui pour prendre de pareilles libertés dans sa maison.

Nous ne saurions dire d'où vient cette différence, mais ce qu'il y a de sûr, elle existe pour les peuples et pour les hommes; c'est dans les pays les plus fanatiques que les intrigues amoureuses se suivent d'ordinaire dans les églises, et, si dans notre France si peu religieuse, le temple de Dieu sert encore d'abri à quelque aventure de ce genre, on peut être assuré qu'elle a lieu entre gens qui considèrent ce qu'ils font comme un péché; si bien qu'on serait tenté de croire, comme Canillac, qu'ils entrent en compte avec Dieu, et qu'ils pensent que l'assiduité de leurs hommages leur mérite bien quelque indulgence de sa part.

Quoi qu'il en puisse être, Sterny repoussa l'idée de suivre Lise à l'église, non-seulement pour lui, mais encore pour elle; il y avait dans tout ce que lui inspirait cette jeune fille une délicatesse pudique et élégante comme elle. Si d'une part il ne voulait point donner à Lise une mauvaise opinion de lui en paraissant la poursuivre effrontément au milieu de ses prières, d'autre part il eût craint de toucher par sa présence à cette virginale piété qu'elle devait apporter au pied de l'autel; il eût rougi de déflorer une seule des candides croyances de cette âme d'enfant; et peut-être eût-il moins désiré son amour si elle n'eût pas gardé toute la pureté de son innocence.

Quant à employer les ressources subalternes qui sont aux ordres de tout homme qui a de l'or et de l'audace, et dont il n'avait pas craint de se servir envers les plus grandes dames, elles lui eussent fait horreur.

Il pouvait bien rencontrer Lise chez Prosper, mais aller chez Prosper était aussi peu convenable que d'aller chez M. Laloine : il n'avait rien à y faire, et certes l'on chercherait les motifs de ses visites; et si on venait à les découvrir, il comprenait qu'il en serait honteux comme d'une mauvaise action.

Cependant, durant quelques jours, et sans trop se rendre compte de ses espérances, Léonce rompit toutes ses habitudes. Il alla se promener aux Tuileries.

— C'est, se disait-il, la promenade du bourgeois parisien : peut-être y pourrait-il trouver Lise.

Il alla dans la même soirée à trois ou quatre petits théâtres qui, selon lui, devaient être le spectacle favori du marchand de la rue Saint-Denis; il en fut pour l'ennui qu'il y éprouva. C'était l'époque de l'exposition des tableaux, il y trouva tout le monde, excepté Lise.

— Vraiment, se dit-il alors, c'est une folie. Quelle est mon espérance? je n'en ai point, je n'en veux pas avoir.

Il se répétait cela tous les jours, et tous les jours il éprouvait un plus ardent désir de revoir Lise : tout ce qui l'avait amusé et charmé autrefois ne faisait plus que l'agiter sans le satisfaire. Il était comme un homme qui, habitué aux cris de la ville, à son atmosphère lourde, à sa lumière factice, à son tumulte, à ses mille accidents, a tout à coup été transporté dans un divin paysage illuminé d'une douce clarté, où flotte une vague et céleste harmonie, dont l'air pur rafraîchit la poitrine comme un léger breuvage, où tout arrive au cœur comme une caresse invisible. Cet homme ne voudrait pas assurément vivre sans cesse dans ces idées où rien ne pourrait satisfaire la passion dont il vit; mais dans une heure de lassitude, il voudrait à tout prix aller respirer cet air, écouter ces murmures et rêver sous ces ombrages frais et embaumés où l'homme retrouve la jeunesse de ses sens, comme Léonce avait retrouvé près de lui la jeunesse de son âme.

Mais cet espoir parut sur le point d'échapper à Léonce, lorsqu'un matin (il était à peine dix heures, et il était déjà levé, habillé; car, ce jour-là, il devait assister à Marly à un déjeuner formidable, suivi de l'exécution d'un pari des plus excentriques, et terminé par un souper foudroyant et un jeu furieux), son valet de chambre lui remit une carte : c'était celle de Prosper :

— Prosper, s'écria Sterny! qu'il entre, faites entrer...

— Mais, monsieur le comte... je lui ai dit que vous étiez sorti.

— Sorti! s'écria Sterny furieux, d'où vous vient cette impertinence envers mes amis? qui vous a dit de dire que j'étais sorti?...

— Mais, monsieur le comte... j'ai cru...

Sterny était furieux.

— Sot! animal! s'écria-t-il.

— Mais ce monsieur doit être à peine au bas de l'escalier.

— Allez donc le chercher... priez-le de remonter... allez donc!... allez donc!...

A peine le domestique fut-il parti, que Sterny s'aperçut de son emportement. En effet, ses mains tremblaient, et il se sentit comme suffoqué. Il eut le temps de se remettre pendant que le valet de chambre courait après Prosper et le forçait, pour ainsi dire, à remonter, de façon que Léonce put l'aborder avec un calme parfait.

— Pardon, mon cher Prosper, lui dit Sterny, si je vous ai fait remonter; mais j'ai voulu que vous sachiez que si on vous a refusé ma porte, ce n'est pas d'après mes ordres.

— Ah! monsieur le marquis, c'est moi qui suis fâché de vous avoir dérangé.

— Vous m'eussiez dérangé, Prosper, que je vous l'aurais dit sans façon; mais peut-être en vous voyant refuser ma porte vous auriez pu croire que je ne voulais pas vous recevoir, et c'est ce qui n'est pas.

Puis il ajouta en riant :

— Nous ne sommes pas si impertinents qu'on veut bien le dire, que nous le paraissons, grâce à messieurs nos domestiques; mais asseyez-vous donc, Prosper.

— Merci, monsieur le marquis : c'est un peu ma faute, je n'ai pas beaucoup insisté, je suis avec ma femme en visites de noce, elle m'attend en voiture avec ma belle-mère et Lise, et il faut que j'aie fini à temps. Nous avons rendez-vous à une heure au chemin de fer de Saint-Germain où nous faisons une partie.

— Ah! dit Sterny, ces dames sont en bas... elles auraient été bien aimables de me faire l'honneur de monter chez moi.

— Ah! monsieur le marquis, fit Prosper.

Cette exclamation voulait dire à la fois : elles n'eussent pas osé, parce que vous êtes un grand seigneur, et ce n'eût pas été convenable, parce que vous êtes un garçon d'une réputation assez hasardée.

— Allons donc, lui dit Sterny, et veuillez leur présenter mes respects. Mais, au fait, dit-il, j'allais sortir... J'irai jusqu'à leur voiture. Venez.

Et sans attendre la réponse de Prosper, il prit son chapeau et descendit; sa voiture était sous la voûte, et à son aspect le cocher cria au remise de Prosper, qui barrait la porte cochère, de se ranger, et fit caracoler ses chevaux. Une tête d'ange, penchée à la portière du remise, regardait cette belle voiture. En voyant Sterny qui venait de son côté suivi de Prosper, elle se retira vivement. C'était Lise. Léonce s'avança, se fit ouvrir la portière, et monté sur le marchepied il salua madame Laloine, la femme de Prosper et Lise qui occupaient le fond de la voiture, tandis que M. Laloine et M. Tirlot, le garçon d'honneur, occupaient le devant. La présence de ce jeune homme au milieu de la famille de Prosper irrita Sterny : c'était un prétendu sans doute. Cependant il se fit aussi calme que possible, et il dit à madame Laloine :

— Je n'ai pas voulu, madame, perdre l'occasion de vous renouveler mes remercîments pour Prosper, et, si je n'avais craint de vous paraître importun, j'aurais été vous porter moi-même ceux de mon père.

— De votre père ? dit M. Laloine.

— Oui, monsieur, dit Sterny, c'est lui que je représentais au mariage de Prosper, et j'ai dû lui rendre compte de la mission dont il m'avait chargé. Je lui ai dit, monsieur, à quelle alliance honorable son filleul Prosper avait été admis ; il m'a répondu en me priant de vous offrir ses remercîments.

Il n'y avait pas un mot de vrai dans tout ce petit récit : mais il fut débité avec une telle bonne grâce que M. et madame Laloine en furent confus de vanité. Cependant Léonce avait à peine osé regarder Lise, et il n'eût pas eu la force de lui parler; il n'avait plus rien à dire, et se retira en disant :

— Je sais que vous avez beaucoup de visites à faire, je vous laisse.

— Oh ! ce n'est pas nous, dit M. Laloine, c'est Prosper et sa femme, et nous l'avons accompagné, parce qu'il eût perdu trop de temps s'il lui eût fallu venir nous reprendre rue Saint-Denis.

— Et vous allez ainsi rester pendant deux heures en voiture, gênés comme vous l'êtes? dit Sterny, frappé d'une idée lumineuse. Ah! Prosper n'est pas galant pour ces dames. En vérité, si j'osais, je proposerais à monsieur et madame Laloine de monter chez moi : il viendrait vous y reprendre; c'est à cinq minutes du chemin de fer.

M. Laloine et sa femme refusèrent d'abord, mais avec un embarras qui semblait montrer qu'ils eussent volontiers accepté la proposition d'un autre que d'un marquis comme Sterny. Heureusement que madame Laloine avait encore, malgré ses quarante-quatre ans, sa part de curiosité féminine, et ce fut elle qui accepta la première. M. Laloine descendit, mais Lise ni M. Tirlot ne bougèrent. Ce n'était pas là le compte de Sterny.

— Et mademoiselle Lise!

— Oh! reprit celle-ci avec un petit sourire malicieux, maintenant nous sommes à notre aise.

— Et vous, monsieur? dit madame Laloine en s'adressant au garçon d'honneur.

— Moi? répondit celui-ci d'un air renfrogné, on ne m'a pas invité.

La mauvaise humeur de celui-ci servit Sterny mieux que toute son adresse n'eût pu le faire. Madame Laloine pensa que lorsque Prosper et sa femme monteraient faire une visite, Lise et M. Tirlot se trouveraient seuls dans la voiture. Certes, elle connaissait assez sa fille et le garçon d'honneur pour être sûre qu'il n'y avait pas le moindre inconvénient; mais elle s'imagina qu'il avait pu penser à cette circonstance, et, en mère prudente, elle ne voulut pas qu'il eût l'air d'avoir pris cet avantage sans sa permission, et elle dit à Lise, d'un ton dont la sécheresse s'adressait plutôt à M. Tirlot qu'à sa fille.

— Descendez, Lise.

Lise obéit avec une petite moue triste en apparence et un ravissement dans le cœur; car, bien plus que sa mère, elle désirait entrer dans la maison de ce beau marquis, dans la redoutable tanière du fier lion.

Comme ils montaient, M. Laloine se rappela tout à coup la voiture de Sterny.

— Mais vous alliez sortir, monsieur le marquis.

— Oh! reprit Léonce, j'ai le temps... J'allais visiter une maison de campagne aux environs de Saint-Germain, et que j'y arrive à midi ou à deux heures, cela m'est fort indifférent.

— Ah! dit M. Laloine, Prosper nous a dit

que vous en possédiez une fort belle à Seine-Port.

— Aussi n'est-ce pas pour moi, c'est pour mon oncle, le général R..., qui aime la campagne, mais qui, ayant affaire tous les jours au ministère de la guerre, désire acheter quelque chose à Saint-Germain, de manière à pouvoir arriver le matin et partir le soir.

M. Laloine n'en demanda pas davantage; quant à Lise, elle jeta un regard à la dérobée sur Léonce, qui mentait assez adroitement pour tromper un père, mais trop gauchement pour ne pas être deviné par une jeune fille. Une petite circonstance vint presque aussitôt confirmer Lise dans le soupçon qu'elle avait éprouvé: Léonce avait fait entrer M. et Madame Laloine ainsi que Lise dans son salon, et, oubliant qu'une simple portière le séparait d'elle, il avait dit tout bas à son valet de chambre, avant de la suivre:

— Va dans un cabinet de lecture, et tâche de me procurer toutes les *Petites Affiches* que tu trouveras.

Lise l'entendit, et lorsque Sterny rentra,, elle le regarda d'un air si moqueur, qu'il vit qu'il avait été deviné. Mais il n'y avait pas de colère dans ce regard, et c'était presque une approbation de sa ruse.

Lise était entrée avec une curiosité d'enfant dans l'appartement de Sterny; mais, dès qu'elle y fut, ce sentiment devint plus sérieux et presque timide; il lui sembla être dans un endroit dangereux. Sous ces tentures magnifiques, parmi ces trophées d'armes damasquinées, près de ces étagères couvertes d'objets d'or et d'un goût exquis, dans cette demeure où il n'y avait rien qui fût à l'usage d'une femme, elle se sentit mal à l'aise comme si elle eût été seule dans un cercle d'hommes; il lui sembla qu'on y respirait un air moins chaste que celui de sa blanche chambre, que celui qui venait à travers les fleurs de sa fenêtre.

Quant à M. et Madame Laloine, ils étaient tout curiosité pour les belles choses étalées autour d'eux. Madame Laloine surtout examinait les étagères avec une foule d'étonnements, mais elle n'osait toucher à aucun des charmants objets qui les ornaient, et à chaque instant elle appelait Lise pour les admirer avec elle. Lise obéissait, mais elle regardait à peine; un singulier sentiment d'effroi s'était emparé d'elle, et elle répondait seulement d'une voix altérée :

— Oui, oui, cela est très-beau...

Au moment où madame Laloine montrait à Lise, non comme précieux, mais au moins comme singularité, une petite pantoufle placée parmi tous ces objets d'art et de bronze, Lise fronça le sourcil et répondit d'une voix encore plus altérée :

— Oui, c'est très-joli...

Madame Laloine s'en aperçut et lui dit d'un ton alarmé :

— Est-ce que tu souffres ?

— Un peu, dit Lise en appuyant la main sur son cœur.

— Ah! s'écria Sterny... on étouffe ici...

— Un verre d'eau sucrée et un peu de fleur d'oranger, s'il vous plait, dit madame Laloine avec inquiétude. Pardon. monsieur le marquis.

Léon ne sonna pas, il ouvrit une porte, entra lui-même dans sa chambre, prit sur sa commode un petit plateau où il se trouvait ce qu'on appelle un verre d'eau sucrée, et l'apporta lui-même dans le salon.

— Oh! pardon... pardon, lui dit madame Laloine, cette enfant est un véritable embarras.

Madame Laloine arrangea le verre d'eau et Lise le prit; sa main tremblait. Elle le but, mais avant de le poser sur la table elle regarda deux lettres incrustées dans ce verre à la façon des verres de Bohême; ces lettres se retrouvaient sur toutes les pièces de cristal de ce plateau. C'était un A et un C. Il n'appartenait donc pas à Léonce. Il vit cette attention, et prenant le verre des mains de Lise, il lui dit d'un air triste et avec un accent dont l'émotion la fit tressaillir :

— C'est le chiffre de ma mère, mademoiselle.

Elle leva les yeux sur lui; il était attendri sans doute par ce souvenir, car il posa le verre sur le plateau et se dit tout bas :

— C'est étrange.

— Quoi donc! lui dit madame Laloine.

— Tenez, leur dit-il, pardonnez-moi cette émotion. Il y a quatre ans, étant à Nuremberg, je fis faire ce verre pour ma mère; j'arrivai en France le cœur joyeux, car je savais que cette bien pauvre attention lui ferait plaisir. Elle était morte la veille de mon arrivée, frappée comme par la foudre. Je gardai ce verre comme un souvenir d'elle... personne ne s'en était servi jusqu'à ce jour. Je ne puis vous dire, mais cela m'a rappelé un si triste moment!..

Madame Laloine se taisait, mais Lise regardait Sterny avec un doux saisissement de joie.

— Madame votre mère est morte bien jeune, lui dit madame Laloine.

— Trop jeune pour moi, madame; elle était si noble, si bonne, si belle! Je veux vous montrer son portrait, il est là, dans ma chambre. Venez, madame, venez, vous aussi, mademoiselle, je vous en prie. Je veux que vous connaissiez ma mère.

Ils entrèrent dans cette chambre et regardèrent le portrait.

C'était un chef-d'œuvre de peinture, représentant un chef-d'œuvre de beauté.

— N'est-ce pas, dit Sterny, qu'elle était belle?

— Ah! oui, dit Lise avec un doux accent et les mains jointes devant ce portrait, comme si elle eût été en face de la Vierge.

— Voici le portrait de mon père, dit Sterny à M. Laloine.

Le mari et la femme s'en approchèrent pour le regarder, mais Lise resta devant celui de madame de Sterny; ce portrait était animé d'un sourire doux et bienveillant, et un profond soupir s'échappa de la poitrine de Lise. Il lui sembla qu'une femme d'un si céleste visage avait dû donner à son fils quelque chose de l'âme charmante et chaste qui respirait dans ses traits. Ils quittèrent cette chambre, et Lise revint dans le salon le cœur soulagé et presque heureuse.

L'inspection recommença, et Lise retrouva la pantoufle; la pantoufle l'intriguait, mais il était difficile de s'enquérir de son origine. Cependant l'occasion vint d'elle-même; arrivé à une certaine tablette, Sterny eut à expliquer la valeur des objets qui s'y trouvaient : cette clef avait été faite par Louis XVI, cette cassolette avait appartenu à la reine Anne d'Autriche, ce livre de messe à madame de Maintenon.

— Et cette pantoufle ?

— Cette pantoufle est à moi, dit Sterny en riant.

— Comment, à vous? dit madame Laloine.

— Ah! reprit Sterny, c'est une des folies de ma jeunesse.

— Ah! dit madame Laloine d'un ton grave, comme si elle eût craint que cette folie ne fût d'une nature équivoque.

Mais Lise n'éprouva pas cette crainte: quelque chose l'assurait que si c'eût été un souvenir peu séant, Léonce ne lui eût pas répondu avec cet air de franchise joyeuse.

— C'est peut-être la pantoufle de Cendrillon ? dit Lise en riant.

— Ah! c'est bien plus extraordinaire, dit Sterny, elle a fait tourner la tête à un vrai prince, et c'était moi qui la portais.

— Comment cela ? dit M. Laloine.

— Ah ! c'est assez difficile à dire; mais il y a une dizaine d'années j'avais une petite figure de femme et je ressemblais beaucoup à ma sœur; M. d'Auterres la recherchait alors en mariage et se montrait très-jaloux de sa gaité. Mon beau-frère, car il l'est devenu, est bien certainement un homme d'honneur, mais un rien offensait sa sévérité et sa manie de l'étiquette; et une fois il avait gravement fait observer à ma mère que ma sœur était en pantoufles un jour où se trouvaient dans le salon deux ou trois jeunes gens. Les pantoufles avaient frappé M. d'Auterres comme une inconvenance.

Un soir de carnaval qu'il nous avait quittés en nous disant qu'il allait au bal de l'Opéra, je ne sais quelle folle idée me prit de le tourmenter; je m'habillai en femme, et en souvenir de son amour de l'étiquette, je mis, au lieu de souliers, les pantoufles de ma sœur.

— Vous avez mis ces pantoufles ? lui dit Lise d'un air incrédule et oubliant à qui elle parlait.

— Mais je pouvais les mettre dans ce temps-là, mademoiselle, dit Sterny en souriant.

Malgré elle, Lise avait jeté ses regards sur les pieds de Léonce, et ces pieds étaient charmants.

— Que vous dirai-je ? reprit celui-ci presque

aussi embarrassé qu'elle ; j'arrive à l'Opéra, et m'étant fait poursuivre par quelques amis je me précipite tout à coup au bras de M. d'Auterres en lui disant :

— Protégez mon honneur !...

D'Auterres se retourne, et alors je lui avoue d'une voix tremblante que je suis une pauvre jeune fille qui, poussée par une curiosité invincible, s'était échappée de l'hôtel de sa mère pour voir le bal de l'Opéra ; que j'étais tremblante, égarée, perdue. En disant cela, j'avais entraîné M. d'Auterres dans un coin isolé ; je m'étais laissé tomber sur un siége, et tandis qu'il me moralisait en me demandant qui j'étais et en me jurant de me protéger, j'avance le pied, il ne voit rien, je me démène si bien que quelqu'un me heurte et je m'écrie :

— Ah ! on vient de m'écraser le pied.

Je l'avance de nouveau, il n'y avait pas moyen de ne pas regarder ; M. d'Auterres voit la pantoufle, il devient pâle comme un mort et se tourne vers moi en s'écriant :

— C'est impossible.

Alors je feins d'éclater en sanglots, et je lui dis :

— Hélas ! oui, c'est moi ! reconduisez-moi chez ma mère ; venez.

Il était si stupéfait, que ce fut moi qui le fis sortir de la salle plutôt qu'il ne me conduisit : nous montâmes dans sa voiture, et alors il sembla reprendre ses sens, pour s'écrier de nouveau : C'est impossible. A ce moment, certain que la lumière des lanternes éclairait assez mon visage pour qu'il pût apercevoir mes traits, sans pouvoir cependant les reconnaître, j'arrache mon masque, et il s'écrie :

— C'est vous... oui, c'est vous, mademoiselle.

Un second regard pouvait cependant me trahir ; je cache ma confusion et mes larmes dans mon mouchoir, et nous arrivâmes ainsi à l'hôtel. Ma mère recevait, et il y avait encore du monde. M. d'Auterres la fait appeler mystérieusement dans sa chambre, où je m'étais jeté sans rien dire sur un divan, la tête sur un coussin, pour me cacher. Ce fut alors que M. d'Auterres, d'un air profondément lugubre et solennel, chercha à expliquer à ma mère les terribles nouvelles qu'il avait à lui apprendre.

— Ce secret, s'écria-t-il d'abord, mourra dans mon sein ; mais vous comprenez que mes projets, mes espérances, sont à jamais anéantis.

— Mais, que voulez-vous dire ?

— Hélas ! reprit-il en me montrant, la voilà... C'est une imprudence, une grande imprudence ; mais vos conseils, l'exemple de votre vertu...

— En effet, dit ma mère, quel est ce domino ?

— Ah ! madame, dit M. d'Auterres, ne l'accablez pas de votre colère... Je n'ose vous dire...

— Mais qui êtes vous donc ? me dit la marquise.

— C'est moi, ma mère, lui dis-je en grossissant ma voix.

— Toi, Léonce, dit ma mère en riant. Ah! reprit-elle, je ne suis pas si sévère, que d'en vouloir à mon fils d'avoir été au bal de l'Opéra...

— Léonce! s'écria M. d'Auterres, votre fils?... Mais mademoiselle votre fille?

— Elle est au salon.

M. d'Auterres éprouva un mouvement d'hésitation qui lui fit garder le silence. Il eut envie de se fâcher, et le premier regard qu'il jeta sur moi fut terrible, mais j'avais un air si modeste et ma mère un air si ébahi, qu'il prit le parti de rire et de raconter la mystification à ma mère.

Elle fut sur le point de se fâcher de ce que M d'Auterres avait pu croire ma sœur capable de cette inconséquence; mais le pauvre prétendu répétait toujours :

— Ce sont les pantoufles... cette pantoufle, disait-il, si petite...

— Mais ma fille! monsieur...

— Qui diable eût pu penser, reprenait-il, qu'un homme eût pu chausser ces maudites pantoufles?

Je pris un air tragique et je lui dis gravement :

— Eh bien, monsieur, la voici, cette pantoufle, prenez-la; et si jamais il vous venait un soupçon sur ma sœur, qu'elle vous rappelle vos injustes défiances.

— Je l'accepte, dit M. d'Auterres.

— Et moi je prends l'autre, lui dis-je. Je vous

la rendrai le jour où ma sœur me la redemandera.

— Voilà dix ans qu'ils sont mariés, et M. d'Auterres n'a pas encore osé raconter à sa femme ce dont il a osé la soupçonner; aussi l'ai-je gardée. Voilà l'histoire de cette pantoufle.

Cependant le temps se passait et Lise tout à fait remise furetait partout comme un enfant curieux. A ce moment, un domestique entra et déposa un énorme paquet de *Petites Affiches* sur la table.

— Voilà ce qu'a demandé monsieur le marquis.

— Bien, fit celui-ci en les jetant dans l'encoignure d'un meuble et en revenant à monsieur et madame Laloine pour les empêcher de voir ce que ce pouvait être, et il leur dit en même temps

— Est-ce que vous êtes curieux de ces petites choses? j'en ai une collection dans ce cabinet, veuillez y passer.

Il entra avec monsieur et madame Laloine, Mais Lise ne les suivit pas.

Léonce était sur les épines; heureusement, M. Laloine ayant aperçu quelques objets soigneusement placés sous un verre, demanda ce que c'était.

— Oh! ceci est très-précieux, dit Léonce, ceci a appartenu à l'Empereur.

A ce nom, M. Laloine se redressa.

— A l'Empereur! répéta-t-il. Ah! vous êtes bien heureux!...

— Cette tabatière lui a appartenu et il s'en est servi.

— Permettez que je la voie, dit M. Laloine d'un ton presque ému.

Léonce la tira de dessous le globe, et une idée heureuse lui vint tout à coup.

— Vous avez été militaire, M. Laloine?

— Oui, monsieur, reprit Laloine avec un gros soupir, de 1808 à 1814.

— Eh bien! monsieur, un pareil objet qui n'est qu'une curiosité pour moi, vous serait peut-être bien précieux ; permettez que je vous offre cette tabatière.

— Ah! monsieur, jamais... je ne voudrais pas.

— Je vous en supplie.

Cela dura cinq minutes, mais M. Laloine accepta.

— Lise, Lise, s'écria-t-il en allant vers le salon ; viens donc voir ce que m'a donné M. de Sterny.

Lise entra : elle était agitée et tremblante comme si elle eût fait une mauvaise action. Sterny profita de ce moment pour sortir. Le paquet de *Petites Affiches* était dispersé, et l'un des cahiers était resté ouvert sur un fauteuil... Il le prit et le regarda ; à la dixième ligne de la page il y avait : MAISON DE CAMPAGNE A VENDRE A SAINT-GERMAIN... Il resta frappé de bonheur ; et comme il entendait revenir M. et madame Laloine, il prit le cahier et le cacha sous son habit.

— Quand Lise reparut, elle était triomphante; elle jeta sur Sterny un regard si gai, qu'il ne sût que penser.

Était-ce un hasard, une curiosité d'enfant qui avait poussé Lise à lire ces *Petites Affiches*? était-ce pour se mettre d'intelligence avec lui qu'elle avait fait cela, ou plutôt n'était-ce pas une leçon qu'elle avait voulu lui donner? il retomba dans une cruelle incertitude.

Cependant il voulut profiter de son avantage, et s'avançant vers madame Laloine, il lui dit d'un air gracieux :

— Mais vous, madame, ne pourrais-je pas vous prier d'emporter un petit souvenir de votre bonne visite?

Madame Laloine hésita, mais ce que Sterny lui offrait était si peu de chose qu'elle aurait eu mauvaise grâce à le refuser.

— Et, répéta-t-il d'un ton dégagé, mademoiselle Lise voudra bien aussi...

Lise l'interrompit vivement :

— Oh! merci, monsieur, je ne veux rien... moi.

Ce moi avait quelque chose de significatif, qui semblait dire qu'elle ne voulait rien accepter au titre auquel on voulait le lui offrir.

— Oh! dit M. Laloine, c'est trop de bonté, nous avons l'air de vous dépouiller.

— Merci pour ma fille, dit madame Laloine, ce serait abuser.

— D'ailleurs, dit Lise d'un ton dégagé, toutes ces choses sont si bien à leur place qu'il faut les y laisser.

— Il y en a, dit Sterny en la regardant avec intention et en lui montrant de l'œil les *Petites Affiches*, qui prennent un prix inestimable à être déplacées.

— Oui, dit Lise avec un effort de gaité, mais c'est comme la pantoufle, on croit y voir cequi n'y est pas.

La figure de Sterny laissa échapper un mouvement de dépit; il se tut : et tirant de son sein les *Petites Affiches*, il les jeta loin de lui. Monsieur et madame Laloine, occupés à regarder la tabatière impériale, ne virent point ce mouvement, mais Lise l'aperçut et en fut heureuse ; mais sa gaité s'envola et elle suivit plus attentivement les mouvements de Sterny. Léonce, redevenu maître de lui, se montra aussi empressé, aussi bienveillant qu'avant cet incident avec Monsieur et Madame Laloine, mais avec une nuance imperceptible de grand seigneur et qui s'étudie à une exquise politesse. Lise le regardait, l'écoutait, il lui plaisait ainsi ; il était si élégant, si gracieux, de cette façon il ne lui faisait plus peur ; elle le trouvait naturel.

Enfin M. Laloine parut attendre l'heure avec impatience, et dit à Sterny :

— Nous vous avons dérangé : l'heure passe et vous arriverez trop tard à Saint-Germain.

— Je n'irai pas sans doute aujourd'hui, dit Sterny.

— C'est nous qui en sommes cause.

— Non, madame, non, dit Léonce ; d'ailleurs, j'ai oublié que je devais aller trouver quelqu'un à Saint-Germain, pour me donner l'adresse de cette maison, et on se sera ennuyé de m'attendre : j'irais inutilement.

— Oh ! dit Lise en hésitant, je croyais qu'on trouvait toutes les adresses des maisons à louer dans les *Petites Affiches*.

Sterny la regarda, celle-ci baissa les yeux. Il y avait dans son âme quelque chose qui l'emportait malgré sa volonté, et quelque chose qui la faisait rougir presque aussitôt. Mais Sterny l'avait comprise, et il s'écria :

— Mais, c'est vrai, j'ai là precisément le numéro où se trouve cette adresse.

Il le reprit, et on parla maison de campagne.

Cependant Prosper n'arrivait pas. Monsieur et Madame Laloine impatientés ouvrirent une fenêtre, comme si en le regardant arriver de loin cela dût le faire venir plus tôt. Ce fut en ce moment que Sterny s'approcha de Lise et lui dit tout bas :

— Vous avez été bien cruelle, de refuser un pauvre souvenir.

Elle se tut et parut très-émue.

— Maintenant que vous m'avez pardonné, reprit-il, acceptez quelque chose.

Elle n'eut pas le temps de refuser, car son père se mit à crier :

— Voici Prosper !

Il n'y avait plus à espérer... mais au moment où M. Laloine prenait son chapeau, Lise s'écria :

— Bon ! j'ai perdu l'épingle qui attachait mon châle.

Sterny courut à sa chambre, arracha une pelote pendue à la cheminée, et revint ; mais déjà le châle était épinglé.

— Pardon, dit madame Laloine, je viens d'en donner une à cette petite étourdie.

Sterny jeta la pelote sur la table avec chagrin. Mais Lise s'en approcha doucement, et, sans regarder, chercha la pelote de la main, y prit une épingle et l'attacha à son châle. Sterny la vit ; il se serait mis à genoux devant elle, s'il avait osé. Il était si heureux qu'il n'eut plus peur, et dit alors :

— Mais au fait, j'y pense, si au lieu d'aller à Saint-Germain dans ma voiture, j'y allais en chemin de fer, je rattraperais le temps perdu.

— C'est vrai, dit M. Laloine.

— Eh bien ! je vous demande la permission de vous conduire jusqu'au chemin de fer ; Prosper nous suivra, et nous partirons tous ensemble.

La proposition fut acceptée, et M. et madame Laloine montèrent avec Lise et Sterny dans la calèche qui attendait, tandis que le remise de Prosper suivait à grand'peine le fringant équipage du Lion. Jamais Sterny n'avait été si heureux de sa vie.

XVI.

L'arrivée au chemin de fer fut moins gracieuse que Sterny ne se l'imaginait. Quand les amis, et surtout les amies de la famille Laloine, virent entrer dans la grande salle d'attente le beau Léonce avec les marchands, on chuchota et l'on se dit tout bas :

— Ah ! çà, est-ce qu'on nous amène ce grand monsieur ? — Les Laloine sont fous. — Il n'est pas invité, nous ne le connaissons pas.

Sterny devina au premier coup d'œil la réprobation qui le frappait, et Lise s'en aperçut aussi. Elle en devint triste, car ce fut pour elle un avertissement de la distance qui la séparait du beau Léonce. A ce moment elle lui eût presque demandé pardon de lui avoir attiré cet accueil désobligeant. Mais Sterny n'était pas homme ni à se laisser intimider, ni à se fâcher. Il salua le monsieur à la question des sucres d'un air charmé de le rencontrer, et sans humeur, sans affectation, il lui raconta qu'il allait à Saint-Germain, voir une maison de campagne. Du moment qu'on sut qu'il n'était pas de la partie, on ne fit plus attention à lui; mais ce n'était pas le compte de Sterny, il voulait être de la partie, et se dit que le sucrier l'inviterait d'une façon ou d'autre.

Là-dessus il revint par un détour assez bien ménagé et entama, avec une attention extrême, une discussion d'économie politique du premier ordre. L'heure du départ arriva, Sterny descendit la rampe du débarcadère toujours discutant et argumentant contre M. Guraullot (c'était le nom du sucrier), et la discussion tenant, il monta à côté de lui dans un wagon, sans que celui-ci s'imaginât que le marquis avait d'autre intention que d'écouter ses savantes dissertations. Cependant M. Guraullot ne tarissait pas, et comme le voyage est rapide, Sterny, qui avait besoin de changer l'entretien, commençait à s'impatienter, lorsque tout à coup il tira sa montre en s'écriant :

— Bon! je manquerai mon rendez-vous.

— Hein! fit le sucrier brusquement interrompu.

— Pardon, dit Sterny, j'avais donné rendez-vous à un architecte pour visiter cette maison avec moi, et il ne m'aura pas attendu.

Sterny profitait, en habile faiseur de contes, des personnages imaginaires qu'il avait déjà inventés pour M. Laloine.

— C'est donc une acquisition bien importante que vous allez faire?

— Je ne sais ce que c'est, dit Sterny, les renseignements qu'on prend dans les *Petites Affiches* sont si vagues ; maison de campagne à vendre, dit-il, cela varie de 10,000 francs à 100,000, de façon que je vais un peu à l'aventure.

— Pardon, lui dit M. Gurauflot, je connais un peu Saint-Germain : où est la maison que vous allez voir ?

— Voyez, lui dit Sterny en lui montrant les *Petites Affiches*.

— Mais c'est une charmante maison, je la connais, elle ouvre sur la forêt, c'est très-considérable, et l'on dit que l'intérieur est fort beau.

— Ah ! tant mieux !

— Vous ne la connaissez donc pas ?

— Je n'y suis jamais entré. Ce que je voudrais savoir, c'est si la maison est d'une construction solide, et j'avoue que je n'y entends rien.

— Ce n'est pas une chose si difficile que vous pouvez le croire.

— Pour une personne comme vous, monsieur, qui me paraissez avoir des connaissances pratiques en toutes choses ; mais moi !

— Il est vrai qu'au besoin je ne me laisserais pas tromper, reprit Gurauflot d'un air superbe.

— Vous êtes bien heureux ; mais quand on est ignorant et qu'on a la maladresse de ne pas se faire accompagner par un homme de l'art, on a tort, quoiqu'à vrai dire, monsieur, je ne me fie guère à la bonne foi des architectes.

— Je le crois bien, monsieur.

— Et que je préférerais prendre les avis d'un connaisseur désintéressé, comme vous, monsieur, par exemple.

— Ah ! monsieur....

Il est inutile de pousser plus loin ce dialogue : on n'était pas arrivé à Saint-Germain qu'il était convenu que M. Guraullot accompagnerait Sterny dans la maison. Le sucrier annonça cette importante nouvelle à sa femme et à ses filles, et il fut convenu qu'il rejoindrait la société dans la forêt. Sterny avait espéré qu'on lui demanderait ce qu'il comptait faire en sortant de la maison, et qu'il aurait occasion de répondre qu'il avait toute la journée libre ; mais Madame Laloine lui fit des adieux très-formels et des remercîments empressés ; et il n'y eut pas l'ombre d'invitation.

A ce moment, Sterny fut si désappointé qu'il se prit de colère contre lui-même, et fut sur le point d'abandonner le sot rôle qu'il jouait ; mais il regarda Lise. Lise regardait sa mère comme si elle eut pu lui inspirer, par la puissance des yeux, la pensée qui la dominait. Sterny crut la deviner, il se résolut de tenter la fortune jusqu'au bout. Mais rien ne lui devait réussir de ce qu'il avait tenté, et il se sépara de la compagnie, monta à pied les rudes escaliers, gagna ladite maison qui était vendue de la veille, et se sépara de M. Guraullot, qui crut pouvoir atteindre la société et prit une allée de la forêt qui menait aux Loges. Quant à Sterny, triste, désolé et dépité surtout, il se trouva au milieu de la compagnie riant, se disputant, et se faisant harnacher ânes et chevaux pour courir à travers bois.

— Déjà de retour, monsieur? lui dit M. Laloine.

— Et mon mari? monsieur, qu'avez-vous fait de mon mari? s'écria madame Guraullot.

— Mon dieu, madame, lui dit-il, nous avons trouvé la maison vendue, et alors il a pris le plus court chemin pour aller aux Loges, croyant que vous deviez y être déjà.

— Ah! bien oui, dit M. Laloine, voilà une heure que ces petites filles nous font enrager; elles veulent toutes des chevaux, on est allé en chercher, et nous attendons, là depuis une heure.

— J'en suis fâché pour M. votre mari, dit Sterny à madame Guraullot, c'est ma faute, j'ai été plus qu'indiscret en acceptant son offre amicale. Veuillez, madame, lui en faire mes excuses.

Comme il allait se retirer en voyant que personne ne l'engageait à rester, il entendit Madame Laloine s'écrier avec peur :

— Lise, Lise, ne va pas si vite!... Lise... Lise! ..

Mais Lise venait de sortir de la cour du manége sur un petit cheval et le faisait galoper tant qu'il pouvait; elle fit ainsi une centaine de pas, et revint du même train jusqu'auprès du groupe où elle aperçut Sterny qui la salua avec un sourire courtois. Elle devint rouge comme une cerise, puis elle sembla le remercier de ce qu'il était revenu. A ce moment, Sterny se prit à crier tout à coup :

— Eh ! groom !

Un rustre de paysan eut l'effronterie de se présenter à cet appel, et Sterny lui dit :

— Comment, butor, vous laissez monter une femme sur une selle qui n'est pas mieux sanglée que ça ! il y a de quoi la tuer. . Vous ne ne savez donc pas votre métier, imbécile ! Et sans attendre la réponse, il passa à la droite du cheval et serra les sangles lui-même, avec une adresse et une vigueur qui stupéfièrent le loueur de chevaux.

— Merci, lui dit Lise si bas, que ce merci n'était que pour lui et pour autre chose sans doute que ce qu'il venait de faire.

Il allait peut-être lui parler, mais madame Gurautlot vint pour ainsi dire le prendre au collet et lui dit :

— Ah ! monsieur, soyez donc assez bon pour voir si les selles de mes filles sont bien arrangées.

— Avec grand plaisir, lui dit Léonce.

Et le voilà faisant le palefrenier pour toutes ces dames et demoiselles avec une bonne grâce, un empressement si franc, que madame Gurautlot se mit à dire à M. Laloine :

— Je suis sûre que s'il venait avec nous il nous montrerait les beaux endroits de la forêt ; vous qui le connaissez, vous devriez l'inviter ?

— Ah ! fit M. Laloine, voulez-vous que je me

fasse moquer de moi? ce serait une drôle de partie de plaisir à proposer à un homme comme lui.

— Bah! laissez donc, dit Madame Guraullot, je vais lui demander s'il veut être du piquenique.

M. Laloine arrêta Madame Guraullot avec des yeux courroucés, mais celle-ci ne se tint pas pour battue, et alla au moins lui demander le chemin le plus court à prendre pour arriver aux Loges.

— C'est assez difficile à vous expliquer, madame, lui répondit-il; mais une fois dans la forêt je pourrai vous le montrer.

— Ah! je vous en prie, monsieur le marquis, ne vous dérangez pas, s'écria M. Laloine... Vraiment, Madame Guraullot, vous abusez...

— Pas le moins du monde, répondit Sterny; c'est l'affaire de vingt minutes, et je n'ai rien qui me presse.

M. Laloine prit un air de désolation, très-contrarié de l'indiscrétion de Madame Guraullot.

— Je lui paie la dette que j'ai contractée avec son mari, lui dit Sterny, c'est justice.

On partit: les jeunes filles et les jeunes gens à cheval, les grands parents et Sterny à pied.

On alla d'abord doucement; les mamans criaient sans cesse qu'on allait se blesser. Mais peu à peu, et lorsque les indications de Sterny eussent assuré le chemin, on s'éloigna, on s'emporta, allant, revenant, et riant des fichus qui s'envolaient, des chapeaux qui se détachaient. Sterny causait gravement, suivant Lise des yeux, Lise qui paraissait l'avoir oublié et qui n'était pas la moins folle de cette volée de jeunes filles.

Pauvre Sterny, que de soins pour obtenir une invitation à un mauvais dîner, que de sottises accomplies en un jour ! A quel métier était-il descendu peu à peu ! il avait sanglé l'âne de madame Guraullot, et encore n'était-il pas arrivé à son but. Une fois encore il trouva qu'il devenait dupe. Lise courait joyeuse et indifférente sans s'occuper de lui. Il prit donc le parti définitif de se retirer ; il était furieux contre elle.

A ce moment un cri perçant partit d'une allée détournée.

— C'est Lise, dit madame Laloine...

Elle n'avait pas achevé de parler que Sterny s'était élancé vers l'allée à travers les bois.

Il arriva près de Lise, qui était très paisiblement sur son cheval, tandis que M. Tirlot s'époussetait et redressait les bosses de son chapeau ; Lise avait eu peur : voilà tout. Sterny rasssuré sur son compte, ne la regarda même pas, et retournant vers madame Laloine, il cria de loin :

— Ce n'est rien, madame, c'est M. Tirlot qui est tombé.

Madame Laloine arriva presqu'au même instant, et tout effrayée de cet accident, elle dit à Lise :

— Voyons, ma fille, descends de cheval; ce qui est arrivé à M. Tirlot peut t'arriver.

— Mais, maman, dit Lise d'un air boudeur...

— Allons, sois raisonnable, lui dit son père; puisque ta mère a peur.

Lise dit avec humeur :

— Ah! monsieur Tirlot, vous êtes d'une gaucherie... c'est moi qu'on punit de votre maladresse.

— De ma maladresse, mademoiselle? je voudrais bien vous voir sur cette bête enragée. Voilà deux fois qu'il me jette par terre, car je suis déjà tombé là-bas sans rien dire.

— Alors pourquoi avez-vous crié ici?

— Ce n'est pas moi, dit Tirlot, c'est vous.

— Mais la dernière fois aussi vous êtes tombé trois fois, et maman n'a pas eu peur pour ça.

— C'est que tu étais avec le capitaine Simon, lui dit M. Laloine, qu'il était à côté de toi, et que je me fiais à lui.

— En vérité, dit Sterny, si j'osais .. et pour pour ne pas priver mademoiselle Lise de ce plaisir, je m'offre à l'accompagner et je réponds d'elle.

— Mais vous n'avez pas de cheval, monsieur Léonce, dit-elle d'un air chagrin.

— Peut-être que M. Tirlot ne voudra pas remonter sur le sien.

— Je vous demande pardon, répondit Tirlot d'un ton sec, j'en aurai raison.

— Soit, monsieur, dit Sterny.

M. Tirlot enfourcha de nouveau son cheval, et voulant faire le brave, il s'avisa de lui donner trois ou quatre coups de cravache; l'animal se cabra, rua, sauta, et renvoya M. Victor sur le chemin.

— C'est bien fait, dit Lise.

— Vrai? dit Tirlot... Eh bien! je conseille à monsieur d'en goûter, il verra.

— Volontiers, dit Sterny.

— Je donnerais cent sous, dit Tirlot à madame Laloine, pour que votre marquis descendît la garde.

Le cheval était rétif, mais il ne fallait pas un cavalier si exercé que Léonce pour le réduire, et M. Tirlot eut toute la honte de sa chute et toute la rage du succès de Léonce.

On n'avait pas félicité encore Sterny, que Lise, s'élançant dans l'allée où ils se trouvaient, se mit à galoper.

— Ah! mon Dieu, suivez-la, monsieur de Sterny, s'écria madame Laloine.

Léonce ne se le fit pas répéter, quoiqu'il eût contre Lise une colère qu'il se promettait bien de lui témoigner par sa froideur. Mais il semblait que cette jeune fille eût sur lui un empire dont il ne pouvait se rendre compte, ne l'ayant jamais éprouvé de la part d'une autre; d'ailleurs elle avait de ces regards, de ces mots, de ces silences qui bouleversaient Sterny. A l'instant où on pouvait la croire à mille lieues de soi, emportée par la jeunesse et la folle gaîté, un mot venait qui vous disait qu'elle était demeurée à vos côtés. Ce fut ce qui arriva à Sterny.

— Ah! mon Dieu, lui dit-elle dès qu'il fut près d'elle, nous avons eu de la peine.

Que répondre à cela? il fallait en être heureux; mais pour en être heureux il fallait y croire, et cette enfant était si étrange, elle disait de ces mots qui eussent paru un engagement compromettant à une femme qui en eût apprécié la valeur, puis elle parlait, elle agissait comme si elle n'eût rien dit. Léonce ne comprenait rien à cette façon d'être, ne s'apercevant pas que lui-même n'était déjà plus ce qu'il avait été autrefois.

Cependant ils cheminaient l'un près de l'autre, et Léonce voulut enfin donner un sens positif à tout ce qu'il avait fait, c'est-à-dire faire comprendre à Lise que c'était par amour pour elle qu'il avait fait tout ce qu'elle avait vu. Mais il ne savait comment aborder ce sujet avec cette âme curieuse et timide comme une biche qui montre sa jolie tête au bord d'un sentier, et qui s'enfuit en bondissant dans les bois au premier bruit des pas d'un chasseur.

Ainsi ces deux jeunes gens, qui s'était réunis sans doute pour se dire mille choses, gardaient tous deux le silence, et tous deux devenaient pensifs et restaient silencieux. Ce fut Léonce qui remarqua le premier la tristesse de Lise; et comme il voulait toujours s'informer du secret de cette âme envers lui, il lui fit une de ces questions où l'on se met en jeu.

— Vous êtes triste, lui dit-il ; est-ce moi qui vous ai déplu ?

— Ah ! non, lui répondit-elle avec un gros soupir, j'ai du chagrin.

— Quel chagrin !

— Voulez-vous que je vous le dise franchement.

— Oui, certes.

— Eh bien, monsieur Léonce, c'était la seconde fois qu'elle l'appelait Léonce, ce n'est pas convenable ce que vous faites.

La fierté de Sterny s'irrita de ce mot, qui pour un homme comme lui était la plus cruelle injure qu'une femme pût lui faire ; il répondit d'une voix altérée :

— Je ne croyais pas avoir manqué à aucune convenance, du moins vis-à-vis de vous, mademoiselle.

Lise tourna vers lui son doux visage, et de la voix la plus triste et la plus soumise elle reprit :

— Ah ! comme vous entendez mal les choses : je ne dis pas que vous avez manqué de convenance vis-à-vis de moi, vis-à-vis de personne.

— Mais alors que voulez-vous dire ?

— Oh ! ne vous fâchez pas, mais c'est pour vous que ce n'est pas convenable ce que vous faites et ce que je vous ai laissé faire.

— Pour moi ? dit Sterny dont cette voix d'enfant remuait le cœur avec une violence inouie.

— Oui, pour vous : vous ne connaissez pas

les gens avec qui vous êtes, ils sentent aussi bien que vous que vous n'êtes pas ici à votre place; ils ont peur tant que vous êtes là, et ils ne diront rien. Mais demain, après-demain, voyez-vous, on en rira, on en parlera.

— Et que m'importe?...

— Oh! ne dites pas cela...

— Mais que fais-je donc autrement que les autres?

— Les autres font ce qu'ils font tous les jours, reprit Lise avec un léger mouvement d'impatience; au lieu que vous... ils voient bien que cela ne vous va pas... Vous êtes bon... ah! oui, je le crois; depuis ce matin vous êtes bon, vous faites tout ce que vous pouvez... mais tenez... moi... moi... je n'aime pas à vous voir comme ça.

— C'est pourtant...

— Pour moi que vous l'avez fait, dit rapidement Lise qui s'arrêta aussitôt, confuse d'avoir, pour ainsi dire, fait elle-même l'aveu de l'amour de Léonce.

— Oh! oui, Lise, lui dit-il, c'est pour vous, je vous le jure.

Elle ne répondit pas encore, elle était troublée, agitée et devenait pâle, car toutes les vives émotions se peignaient ainsi sur le visage de cette jeune fille. Enfin elle reprit courage et se mit à dire :

— Monsieur Léonce, il faut vous en aller.

— Ah! je ne puis, lui dit-il.

Elle sourit de son angélique sourire, et lui montra sa devise :

Ce qu'on veut, on le peut.

— C'est bien, lui dit-il avec passion; et si j'avais ce talisman qui porte ce prétexte de courage, je voudrais tout ce qui est possible.

— Ce n'est pas bien, ce que vous demandez, lui dit Lise en souriant; car si je vous le donnais, il faudrait dire à maman que je l'ai perdu, il faudrait mentir.

C'était à la fois le donner et le refuser. Léonce ne sut que répondre; elle était si simple que toute la science du cœur des femmes lui manquait près de cet enfant.

Cependant leur pas s'était tellement ralenti qu'ils furent rejoints par M. et madame Laloine qui dit à sa fille :

— A la bonne heure, Lise, tu vas bien sagement avec M. de Sterny.

A ce moment, et comme on espérait se reposer un moment, voilà un grand fracas qui se fait entendre dans la forêt, et presque au même instant une masse de cavaliers et d'amazones débouchent d'une allée latérale : c'était le fameux pari dés trotteurs partis de Marly et arrivés jusque là. Presque tous passèrent comme la foudre; mais Lingart et sa lionne, qui ne suivaient que de loin, eurent le temps de reconnaître Sterny. Tous deux furent si stupéfaits, qu'ils arrêtèrent leurs chevaux et s'entre-regardèrent comme s'ils ne pouvaient le croire :

Sterny sur un *cerisier* (1), Sterny en compagnie d'une grosse dame *à âne*, car Madame Guraufiot était près d'eux. Ils étaient si confondus, qu'ils n'en revenaient pas encore. Sterny vit leur surprise et pâlit à la fois de colère et de honte. Mais comme, dans leur stupéfaction, Lingart ni sa lionne ne continuaient leur chemin, il s'avançait vers eux bien décidé à couper le visage à Lingart, quand celui-ci lui dit :

— C'est bien vous, pardon, je ne vous reconnaissais pas... Vous avez gagné vos cent louis, Algibech a gagné contre Montereau... Nous vous avons attendu... vous ne viendrez pas au dîner sans doute... mille bonjours.

Et il piqua son cheval et s'éloigna, tandis que sa lionne, un lorgnon appliqué sur l'œil, examinait Lise de loin, comme un marchand fait d'un tableau. Elle mit tant d'action à cette impertinence qu'elle ne vit pas Lingart partir, et resta quelques secondes après lui.

Sterny était si furieux qu'il frappa le cheval de l'amazone qui, surprise à l'improviste, fut presque renversée. Elle devina l'action de Sterny et tout en maîtrisant son cheval, elle lui dit :

— Vous êtes un butor, Sterny, vous m'en rendrez raison.

Et elle s'éloigna au galop.

Les Laloine n'avaient rien vu de cette scène,

(1) Nom qu'on donne à ces petits chevaux de louage, parce qu'ils portent ordinairement les cerises de Montmorency aux marchés de Paris.

tout cela leur avait paru très-simple; mais lorsque Sterny retourna près de Lise, qui était partie en avant, il la trouva en larmes.

— Je vous le disais bien, monsieur, dit-elle aussitôt : comme cette femme m'a regardée !... laissez-moi, monsieur, laissez-moi... retournez vers vos amis... je vous en prie... je le veux.

Et comme Sterny voulait répondre, elle mit son cheval au galop pour s'éloigner de lui. Sterny la suivit d'abord, mais comme à mesure qu'il s'approchait d'elle, elle le lançait plus vivement, il eut peur qu'elle ne finît par se blesser et s'arrêta.

Lise disparut à ses yeux et il resta au milieu de la route. Il était hors de vue de tout le monde, mais il entendait la voix de M. et de madame Laloine qui appelaient Lise en criant :

— Il va pleuvoir, retournons.

Il imagina l'alarme de madame Laloine si elle le trouvait ainsi tout seul, et voulut à tout prix rejoindre Lise ; il courut à toute bride pendant cinq minutes ; enfin au coin d'une allée il vit le cheval de Lise libre, il s'élança en criant à son tour :

— Mademoiselle Lise ! mademoiselle Lise !

Elle sortit du bois en lui disant :

— Eh bien ! monsieur, me voilà.

— Oh ! reprit-il, que vous m'avez fait peur !

Il y avait tant de vérité dans son émotion que Lise en fut presque touchée, mais son parti était pris et elle répondit :

— De quel côté est ma mère ?

— Par ici, mais bien loin.

— J'y vais.

— Ne montez-vous pas à cheval ?

— Non, dit-elle, non... d'une voix entrecoupée... cette course m'a brisé le cœur,

Et Sterny remarqua seulement alors que sa poitrine haletait et qu'une pâleur effrayante couvrait son visage.

Il sauta à bas de son cheval et courut à elle.

— Oh ! mon Dieu !... c'est moi qui vous ai fait ce mal, s'écria-t-il, oh ! pardonnez-moi, pardonnez-moi, Lise !...

— Non, ce n'est pas vous... j'ai eu tort... j'ai...

Et en prononçant ces paroles elle défaillit et fût tombée par terre si Léonce ne l'eût prise dans ses bras.

A ce moment l'orage éclata avec violence, et Lise tressaillit comme frappée par la foudre ; mais son évanouissement n'était qu'une faiblesse passagère, elle se remit et entendit la voix de sa mère qui l'appelait.

— Allons la rejoindre.

— Mais vous pouvez à peine marcher.

— Oh ! allons, allons ! lui dit-elle, tandis que ses dents claquaient... je peux marcher, je le peux, je le veux.

Et elle prit un sentier en répondant avec une voix éclatante :

— Me voici, maman, me voici.

Mais avant qu'ils fussent arrivés, elle dit à Sterny :

— Vous nous quitterez, n'est-ce pas ? je le veux...

— Je vous obéirai, dit Sterny.

Cela dit, il n'y eut plus un mot de prononcé, et lorsqu'ils arrivèrent près des grands parents, elle était calme et remise en apparence. Mais durant leur absence la grande résolution d'inviter Sterny avait été prise, et elle lui fut solennellement adressée par M. Laloine. Il s'y refusa d'abord, mais avec un embarras triste comme celui d'un enfant qui a peur. Il chercha vainement un encouragement dans un regard de Lise, mais elle détournait la tête.

— Ah ! je comprends, dit Laloine, ces messieurs et ces dames qui viennent de passer vous attendent.

— Non... non, monsieur, dit vivement Sterny, je n'ai rien à faire avec ces gens-là.

Ces gens-là ! sa société habituelle. Oh ! pauvre Sterny !

— Mais alors pourquoi ne pas accepter ? dit Madame Guraullot qui s'était éprise du beau Léonce.

— Ma présence ne plairait peut-être pas à tout le monde, madame, reprit Sterny en s'inclinant ; permettez que je me retire.

— Mais voilà la pluie qui va tomber, dit madame Guraullot, vous accepterez au moins un parapluie !

— Merci, madame, merci, dit Sterny d'une voix douloureuse. Adieu, monsieur Laloine, adieu, madame ; j'ai l'honneur de vous saluer, mademoiselle, dit-il enfin en se tournant vers Lise.

Elle le laissa partir; mais il n'était pas à vingt pas, que, feignant de se retirer à l'écart, elle pleurait à chaudes larmes. Quant à Sterny, il s'éloigna avec rapidité, gagna le chemin de fer et revint à Paris ; il courut s'enfermer chez lui. Il était désespéré, il était colère, il s'en voulait et en voulait à Lise; et cependant il ne pouvait penser à elle sans se sentir pris d'un frisson d'amour qui l'enivrait.

XVII.

Cependant, quand quelques heures de repos eurent calmé cette agitation inaccoutumée, Léonce réfléchit plus sérieusement qu'il ne l'avait peut-être fait de sa vie.

Il était amoureux, il le sentait; il n'en avait pas honte, mais il avait peur.

Séduire Lise! ce serait un crime honteux et lâche.

Car, se disait-il, elle m'aimerait si je voulais; elle m'aimerait, j'en suis sûr, et elle donnerait à cet amour qui l'emporte en aveugle tout ce cœur si facile à briser; et que pourrais-je faire autre chose que de le briser? car l'épouser, folie impossible! Eh bien! ajouta-t-il, je me souviens que, quand j'étais enfant, un jour que j'étais bien malade, ma mère m'emporta dans l'église, et me mettant à genoux sur ses genoux, elle me tourna vers une Vierge, et me fit répéter après elle :

« Sainte Vierge Marie, qui avez vu mourir votre fils, sauvez-moi pour ma mère! »

Cette image que j'implorai m'est restée dans le souvenir comme quelque chose de sacré et d'ineffable, et dont jamais je n'ai dit le secret à personne, de peur qu'une plaisanterie ne vînt l'insulter. Eh bien ! Lise sera pour moi un souvenir pareil, une image céleste un moment entrevue, et que je garderai dans le sanctuaire de mon âme pour l'abriter contre ma vie; car je ne mêle pas mon cœur à ma vie.

Eh ! non ! je donne à la dissipation, à la débauche, au ridicule, cette jeunesse, cette force pour laquelle notre siècle n'a plus de but qui puisse la tenter ; mais si j'avais vécu en d'autre temps, je ne serais pas ainsi ; car c'est honteux d'être ce que je suis. Ah ! si Lise n'était pas ce qu'elle est, ce serait une reine, je tenterais tout pour la mériter ; je l'oserais en pensant à ces mots qu'elle porte sur le cœur :

Ce qu'on veut, on le peut.

Mais elle n'est rien, je ne pourrais que descendre jusqu'à elle. N'y pensons plus, n'y pensons plus!

Pour arriver à ce but, Sterny chercha à occuper à la fois ce qu'il croyait encore son esprit et son cœur.

Le lendemain, quand il reparut au club, il s'attendait à quelque allusion de la part de ses amis; mais une conspiration s'était organisée contre lui, on ne lui adressa pas une parole à ce sujet, seulement Eugène lui dit d'un air grave :

— Je parie vingt sous contre vous, Sterny.

Les dames de ces messieurs le saluèrent, en le recevant dans les coulisses de l'Opéra, avec des révérences de rosières et des yeux baissés. Sterny comprit la plaisanterie et voulut y ré pondre victorieusement ; il joua comme un furieux et fit presque peur à Lingart dont son audace dérangea tous les calculs.

Il poursuivit cette belle fille de l'Opéra qu'on disait si parfaite et qui venait de débuter avec un succès énorme. Ni Lingart, ni Eugène, ni les autres, n'en purent approcher, tant il y mit d'ardeur désespérée.

Au bout d'une semaine, elle appartenait à Sterny, qui l'avait traitée avec l'insolence la plus cavalière.

Mais, — quinze jours après la partie de Saint-Germain, — un soir qu'il était avec sa lionne dans une loge des Français, il reconnut en face de lui deux femmes qui le regardaient avec attention.

L'une était la femme de Prosper, l'autre était Lise.

— Comme on vous regarde de cette loge, lui dit la danseuse, est-ce qu'on vous y connait ?

— Non, dit Sterny qui rougit malgré lui de son mensonge.

— Pourquoi donc vous retirer au fond de la loge ? On dirait que vous avez peur !

— Ah ! trève de jalousies auxquelles je ne crois pas, dit Sterny.

— Mais si on ne vous connaît pas, il n'y a pas de jalousie à avoir.

Sterny se pencha hors de la loge, et vit Lise écoutant deux jeunes gens qui causaient et paraissaient parler de lui.

Tout à coup Lise releva vivement la tête et regarda Sterny avec un effroi indicible, comme si on venait de lui dire :

« Cet homme est le bourreau. »

Léonce se retira sans oser la saluer, pour ne pas l'exposer aux regards insultants de sa maîtresse ; mais il voulut sortir.

— Si vous quittez ma loge, lui dit celle-ci... je fais une esclandre... Vous connaissez cette femme ?

Par un instinct particulier, Sterny avait deviné ce qui venait de se passer à quelques pas de lui.

— Avec qui est donc mademoiselle N...? avait dit l'un des jeunes gens.

— Eh bien ! avec son amant le marquis de Sterny.

— Y a-t-il longtemps qu'il l'est ?

— Il y a huit jours tout au plus.

Sterny n'avait pas entendu un mot de tout cela ; mais il l'avait lu dans le regard que Lise avait jeté sur lui.

Il eût voulu pouvoir aller près d'elle ; mais on le tenait par une chaine infâme. Il voulut encore sortir.

— Si vous entrez dans la loge de cette femme, lui dit sa maîtresse, je vais la souffleter devant vous. Puis elle reprit d'un air de dédain : — Ce doit être la grisette de Saint-Germain.

Sterny eût poignardé la danseuse en ce moment; mais il fallait céder, il ne put qu'emmener sa lionne, et dans un accès de rage insensée il brisa tout chez elle, glaces, porcelaines, meubles; mais comme il ne pouvait battre la femme, il lui faisait tout le mal possible en lui arrachant tout ce qu'elle tenait de lui.

Léonce rentra chez lui furieux.

Le lendemain il alla chez M. Laloine; on lui dit qu'il était à la campagne avec toute sa famille.

« Allons, se dit Sterny, je suis un sot; il y aura eu encore une scène de palpitations, et la belle aura été se promener le lendemain, tandis que moi... En vérité, je deviens brute. »

Ceci dit, il pensa qu'il n'en avait pas assez fait pour oublier cette petite fille avec laquelle il s'était si bêtement compromis.

Quinze jours après, à force de folies plus ardentes que jamais, grâce à une course au clocher où il se blessa, et dont parlèrent les journaux, à un pari de mille louis qu'il perdit, à une suite d'orgies avec les courtisanes les plus impudiques, il était parvenu à ne plus penser à Lise, et cependant plusieurs fois cette douce et blanche figure semblait lui apparaître, mais pâle, mourante, désolée, le regardant avec désespoir, comme si elle lui reprochait de se perdre et de l'avoir perdue.

Cette image lui revint même dans son sommeil, et comme il y rêvait encore le matin, tout éveillé, on lui annonça Prosper Gobillou, qui entra d'un air triste et chagrin.

— Mais, lui dit Léonce, vous avez l'air bien triste, Prosper, pour un nouveau marié?

— Oh! c'est qu'il y a du chagrin à la maison, lui dit Gobillou; vous savez bien, cette pauvre Lise?

— Eh bien! Lise?... s'écria Léonce épouvanté.

Prosper lui montra le crêpe de son chapeau.

— Morte! dit Léonce avec un cri terrible.

— Morte! dit Prosper; morte comme une sainte!

— Oh! mon Dieu! mon Dieu! fit Léonce avec un désespoir qui épouvanta Prosper; ce n'est pas possible... Morte! sans que je l'aie revue! morte...

— Hélas! oui, dit Prosper. Je viens de son enterrement, et je viens vous apporter sa dernière volonté.

— Sa dernière volonté! dit Léonce.

— Écoutez-moi, monsieur le marquis, il ne faut pas en vouloir à cette pauvre enfant, c'était une tête de feu et un cœur trop exalté. Mais voici ce qui s'est passé :

La nuit où elle est morte, je veillais près d'elle avec ma femme; elle l'a appelée et lui a dit de dénouer le petit cordon de cheveux qu'elle portait au cou, puis elle m'a fait signe d'approcher :

« Prosper, m'a-t-elle dit, vous remettrez cela à M. de Sterny; dites-lui de ne pas être léger et cruel pour d'autres comme il l'a été pour moi; je lui envoie cette devise, qu'elle devienne la sienne, et ce sera un jour un homme distingué et bon, j'en suis sûre... »

Alors elle m'a remis ce médaillon, ces cheveux et cette épingle, et, une heure après, elle a expiré, en murmurant tout bas :

— « Ce qu'on veut, on le peut... excepté être aimée... Aimée ! aimée ! » a-t-elle dit encore, puis tout a été fini. »

Léonce tomba à genoux, et reçut à genoux ce gage d'un amour si pur, si inouï. Pendant deux heures, ses larmes coulèrent avec abondance; quand il fut plus calme, Prosper le quitta.

A partir de ce jour, Léonce s'enferma chez lui et ne parut plus nulle part.

Tout le monde fut très-étonné de cette retraite, bien plus étonné de savoir qu'il se disposait à quitter pour longtemps la France; et peut-être ses amis l'eussent déclaré fou s'ils l'eussent vu la veille de son départ, priant à genoux près d'une tombe. Ils ne se fussent pas trompés, car huit jours après il était dans la maison du docteur Metrasipot.

FIN.

Imprimerie Eugène Heutte et Cie, à Saint-Germain.

www.ingramcontent.com/pod-product-compliance
Ingram Content Group UK Ltd.
Pitfield, Milton Keynes, MK11 3LW, UK
UKHW031916260826
14628UKWH00003B/1240

9 782019 697419